UNE ÉTINCELLE À L'HORIZON

Une étincelle à l'horizon

Edward Shi

AcerBooks

Une étincelle à l'horizon (Acer Novels Livre 3)
Auteur: Edward Shi
Conception de couverture: Edward Shi (avec emploi de Canva AI)

ISBN: 978-1-0692408-4-2

Maison d'édition: Acer Books Canada, International Humanities
Publishers, Montreal, Canada
Email: acerbookscanada@gmail.com

Acer Novels (Series)
Éditeur en chef: Tao Zhijian

À bibi et ses moments de solitude.

I

Éden

C'était un havre utopique, c'était un enfer terrestre.

Le soleil écarlate se couchait à l'horizon des eaux infinies. Ses rayons doux et chaleureux couvraient les immenses champs de blé d'Atlantis d'une fine couverture dorée. Le ciel bleu et froid avait cédé aux ardeurs chaleureuses du soleil et avait viré au rouge vif, comme si l'astre du jour, avant son départ imminent vers le néant, avait fourni un ultime effort à l'illumination du monde en puisant de ses dernières forces pour éclairer le monde au maximum.

Atlantis était une île dominée par un volcan imposant. Son climat particulièrement doux et ses terres fertilisées par le volcan dormant assuraient des récoltes abondantes et régulières à ses habitants. Protégés au sein de ce paradis naturel, les habitants auraient pu vivre dans l'ignorance de la famine, du froid et des intempéries.

Éverill était assis au bord de la mer. Vêtu d'une simple tunique de soie, il s'était assis à l'ombre en admirant le soleil couchant. Un colosse de cinq bras, Éverill était de ces spécimens humains qui réunissaient l'élégance faciale et la stature physique. Au premier regard, son visage raffiné donnait l'impression d'un ange. Son nez mince et son doux menton traduisaient une innocence propre à l'enfance et ses cheveux de blé flottaient paisiblement à sa nuque. Un second coup d'œil détruisait cette illusion. Ses pommettes prononcées encadraient ses traits d'une dureté indéfinissable et sa mâchoire crispée trahissait un passé douloureux. Les miroirs de son âme reflétaient des ciels livides. Ses muscles d'acier lacérés d'affreuses cicatrices révélaient tacitement la source de ses malheurs.

Une innocence éprouvée.

Atlantis était construite sur le pan d'un immense volcan. Le volcan était passif, inoffensif depuis des millénaires; pour les Atlantiens, il ne représentait aucune menace. Quelquefois, il émettait des jets de fumée, mais rien de plus. Le majestueux volcan était devenu un symbole religieux plutôt qu'une source de peur.

Autour de la montagne de feu prospérait une végétation luxuriante. De gigantesques feuillus couvraient la majeure partie de la terre. Sous ces arbres vivaient toutes sortes d'animaux sauvages. Les habitants de l'île avaient défriché la terre du côté où le soleil se couche. Autour d'un périmètre d'environ dix mille enjambées, les arbres avaient été abattus et déracinés; les Atlantiens avaient établi leur ville sur cette pointe de terre.

À l'orée de la forêt, surplombant la ville, trônait le temple d'Hyptos : une merveille de l'architecture humaine. Quoique dotée d'un style étranger aux Atlantiens, la structure colossale, aussi surnommée le palais de Duma, était admirée de tous. Siégeant sur une fondation de roc volcanique, le temple majestueux était accessible par une série interminable d'escaliers qui descendait jusqu'en ville. Du bas de la ville, l'édifice sacré s'apparentait à une maison divine qui habitait les nuages, mais ce n'était qu'en bravant les centaines de marches, taillées à même le roc, qu'on pouvait admirer sa véritable beauté. D'immenses colonnes de marbre s'élevaient de sa base et se terminaient en chapiteaux exotiques pour soutenir une magnifique coupole de bronze. Ces piliers rayés larges comme le tronc des arbres centenaires entouraient toutes les façades de la maison d'Hyptos.

Des lettres dorées ornaient la frise du temple, mais, comme personne ne savait lire, ces écritures étaient négligées et s'effritaient au fil des années. Lorsqu'on se décidait à pénétrer le lieu de vénération, on était accueilli par un vestibule gardé de soldats armés jusqu'aux dents. Si l'accès était permis, ce qui n'arrivait jamais, les colossales portes d'acier pivotaient gravement sur leurs gonds; on accédait alors au dôme sacré des offrandes divines. Lorsque le soleil atteignait son zénith, l'ouverture circulaire pratiquée au centre de la coupole permettait un éclairage céleste de l'autel de sacrifice. Là, des vivants de toutes espèces étaient immolés pour plaire au grand dieu. De fines fentes entamées au plancher de roc formaient un motif de toile d'araignée autour de l'autel, permettant l'écoulement du sang qui s'y accumulait sans fin. Ces veines de l'autel serpentaient entre les fresques indéchiffrables qui couvraient le sol et acheminaient l'odeur de la mort vers l'arrière du temple, où elle se jetait dans la forêt pour y être oubliée. Constitué entièrement de marbre, le temple d'Hyptos était une de ces œuvres qui semblaient le réceptacle du divin dans le monde des mortels.

Ce monde de merveilles offrait un vif contraste au reste de la cité. Comme un roi ingrat, il s'était étendu paresseusement sur son trône de marbre et promenait son regard empreint de dédain et de lassitude sur le quotidien de la *populace*. Les taudis en ruine qu'habitaient les Atlantiens étaient entassés pêle-mêle autour de la montagne de feu. Beaucoup étaient abandonnés. Ravagée par la guerre, les épidémies et la famine, Atlantis avait perdu le quart de sa population en dix ans.

Depuis quelques années, une odeur putride flottait dans ses rues. Mais les Atlantiens avaient cessé de s'en plaindre. Quelques pendaisons rapides ont suffi à les faire taire. Si l'on tentait de cerner l'origine de ces effluves, on constatait rapidement qu'elles naissaient des aqueducs défectueux que les autorités n'avaient pas daigné réparer. Pourquoi ? On ne savait plus. Mais ces odeurs rappelaient les fosses de cadavres qui avaient été remplies au fil des années. Pour ces raisons olfactives, les habitants étaient peu enclins à s'aventurer en dehors de leurs maisons et les ruelles qui se frayaient un chemin dans cette mer de misère étaient désertes. La *caille* était dangereuse, surtout la nuit. On ne sortait pas de chez soi sans arme. On avait peur de ceux qui possédaient encore moins que nous. Un silence de mort, brisé à intervalles réguliers par les anodins hurlements de terreur, résonnait à Atlantis. C'était aujourd'hui le genre de lieu lugubre que l'on gratifie du nom de *ville fantôme*.

Mais il y avait une vie dans cette ville.

Il y avait eu.

Il y avait de cela une trentaine d'années, les habitations n'étaient pas des *taudis en ruine*. La ville était prospère et ses habitants, heureux. Mais c'était un passé que les Atlantiens voudraient bien oublier. Tout avait basculé avec le *Nouveau Régime*. Annoncé par le temple d'Hyptos en l'an 690, il décrétait l'abolition du Conseil des Anciens pour le remplacer par l'autorité absolue de Duma, le chef suprême du temple et le grand prophète d'Hyptos. Le *Nouveau Régime* promettait l'égalité. Le gouvernement redistribuerait la richesse et tout le monde serait bien plus heureux. Finies les classes sociales, vive le grand et suprême Duma! avait-on clamé. Pour célébrer, une peinture écarlate avait été appliquée à toutes les habitations. Atlantis avait pris une allure pittoresque. C'était la couleur de la révolution. Cette peinture était aujourd'hui symbole de l'incompétence du nouveau gouvernement. De la même façon qu'il avait manqué à tenir ses promesses, le *Nouveau Régime* n'avait pas su préserver la qualité de la peinture. Au fil des années, elle s'était dégradée et écaillée. Le rouge, rongé par l'humidité, s'était teint au verdâtre. Le pittoresque s'était mué en marécage.

Bien entendu, le Conseil des Anciens n'allait pas laisser Duma usurper leur pouvoir sans se battre. Cinq ans plus tard, profitant de la détérioration de la confiance en Duma, le Conseil avait soulevé la population dans une grande rébellion. *La Rébellion futile*, fut-elle nommée. Certes, le nom est assez explicite de l'issue, mais il n'en était pas ainsi durant le conflit.

Atlantis avait été déchirée entre les deux factions. Durant des semaines, ce fut la guerre entre les *Dumistes* et les *Anciens*. Contre toute attente, ce furent les *Anciens* qui prirent le dessus au début. Ils s'apprêtaient à attaquer le palais de Duma lorsque, de nulle part, apparut une légion de guerriers vêtus entièrement de noir.

Les *Kadavers*.

Ils étaient mortels. Visiblement, ils avaient été entraînés à tuer. Une dizaine de ces monstres avaient suffi pour repousser la horde d'envahisseurs armés et la rébellion avait été écrasée, comme un insecte sous la main d'un géant. Une victoire sanglante de Duma.

Depuis, plus personne n'osa défier le règne de Duma; les *Kadavers* servaient d'une constante source de terreur. La rébellion n'avait abouti qu'à des ruines, à des cadavres qui s'étaient sacrifiés pour une cause tristement glorifiée et à une épidémie née de la putréfaction des morts.

Le niveau de vie des Atlantiens qui, déjà, commençait à se dégrader avait chuté. La famine devint quotidienne et la souffrance, inévitable. La menace des *Kadavers* avait peut-être étouffé l'action, mais elle n'avait qu'attisé la fureur de l'impuissance. La famine et la souffrance n'étaient pas uniquement la faute de la gouvernance de Duma, mais l'inaction sautait aux yeux de tous. Lentement, les doigts se mirent à pointer vers le même ennemi… le temple doré qui dominait le paysage, intouché, semblait-il, des malheurs du présent. Une seconde rébellion se préparait.

Mais contre qui se battaient-ils?

Pour Éverill, la réponse était claire. L'origine de tous leurs malheurs, c'était Duma.

La Place Publique était le centre-ville dans lequel se déroulait la majorité des activités festives, comme les lapidations. Elle s'étalait au pied des marches du temple. C'était le seul lieu de la basse-ville où l'on pouvait circuler sans craindre d'être assommé de derrière et de se réveiller, dépouillé de tous ses biens, dans un coin de rue sombre. La Place Publique servait de centre commercial où l'ouvrage de chacun était échangé. C'était un lieu morne et silencieux qui s'apparentait davantage à une morgue qu'un marché.

Des coupons étaient distribués à chaque famille par les autorités à cette fin. Chacun possédait autant de billets. Chacun monde était égal. Chacun criait famine à sa façon.

Un bruit sourd qui retentit au loin attira l'attention de Éverill. En plissant les yeux, il repéra facilement l'origine de cette perturbation: c'était... le volcan. La chaleur a dû l'énerver, s'expliqua-t-il, nonchalant. Paisiblement, il observa la fine silhouette de fumée tourbillonner vers le ciel en sentant un courant de vent, inattendu, mais agréable, ébouriffer ses cheveux dorés tandis que le parfum salin de l'océan remplissait ses narines d'un plaisir serein.

Atlantis était entourée de cette étendue de saphirs qui s'étirait à l'infini. Sous la lumière vespérale, la mer de pierres précieuses scintillait d'une lueur violette et se mouvait au rythme de la respiration d'un titan de la taille du monde. De toute son immensité insondable, elle se gonflait et bravait les écueils perforants des côtes et grimpait ses magnifiques bancs de sable de satin et se mourait aux pieds nus de Éverill en lui chatouillant les orteils. Puis, doucement, elle expirait et revenait sur ses pas pour reprendre son souffle et le cycle reprenait son cours. Au large, des oiseaux se pourchassaient dans le ciel crépusculaire.

Une magnifique prison.

D'aussi loin qu'on pût voir, il n'y avait que de l'eau. D'aussi loin qu'on pût se rendre, il n'y avait que de l'eau. D'aussi loin qu'on pût se souvenir, personne n'était jamais sorti de l'île. Cela tracassait Éverill. Il devait y avoir quelque chose au-delà de ces horizons empourprés… Il devait y avoir une origine…

Selon le temple d'Hyptos, le grand Hyptos, las de la solitude et de la contemplation du néant, avait un jour décidé de se créer une entité du sexe opposé dotée de la capacité de reproduction: la première femme, Lauriange Blamane. Créée selon ses désirs les plus sensuels, Lauriange possédait une beauté envoûtante et un charme ensorcelant. Ce fut l'amour immédiat pour le vénérable Hyptos. Pour assurer la survie de Lauriange, Hyptos avait créé Atlantis, un havre de paix où la vie pourrait prospérer, et il y avait fondé une famille avec Lauriange. Ensuite, pour combler la solitude de Lauriange, il avait façonné des êtres vivants à l'image de sa belle, les humains, avec la terre argileuse d'Atlantis. Ces êtres dotés d'intelligence avaient immédiatement suscité l'affection de Lauriange et, durant des siècles, ils avaient cohabité dans la terre sacrée d'Atlantis paisiblement. Malheureusement, cela n'avait pas duré. Les êtres humains, jaloux du pouvoir de la famille divine d'Hyptos, s'étaient révoltés en l'absence d'Hyptos et avaient assassiné Lauriange en entourant le palais céleste. La fureur d'Hyptos avait été infernale. Courroucé, il avait érigé un immense volcan en plein centre de la terre et brûlé un à un tous les agresseurs de sa défunte femme en s'assurant de leur infliger une mort lente et douloureuse. Toujours insatisfait après avoir torturé les coupables, Hyptos avait entouré la terre d'eau mortelle pour condamner les habitants de l'île à l'isolement perpétuel. Puis, il les avait abandonnés pour s'installer sur un astre à l'autre bout du monde, l'astre qui était maintenant connu sous le nom de Lune.

C'était l'histoire du monde selon le temple d'Hyptos. Bien entendu, personne n'y croyait. Avec les temps de crise, la ferveur religieuse avait chuté, et les valeurs du temple, remises en question. Jusqu'à présent, la répression avait réussi à taire ces doutes, mais ce n'était plus qu'une question de temps avant qu'ils apparussent au grand jour.

Le questionnement de Éverill fut interrompu par la tombée soudaine de la nuit. C'était avec étonnement qu'il réalisa que l'astre d'Hyptos s'était déjà hissé haut dans le ciel. Tout à coup, son regard fut attiré par un mouvement insolite dans les ténèbres.

Du coin de l'œil, il aperçut une ombre sinistre onduler dans les contours indéfinis de la nuit avant de pénétrer dans sa demeure avec un grincement de porte. Il resta longtemps interdit à fixer la porte entrebâillée. Ce n'était pas Ophis : il n'avait pas la même allure. Qui était-ce? Les voleurs n'étaient pas rares dans son quartier. Les banlieues à la lisière de la ville fourmillaient de criminels qui voulaient échapper à la milice de la justice. Mais celui-là n'était pas un voleur. Enfin, qui se bornerait à cambrioler une cabane de bois? Il savait à qui il avait affaire. À un *Kadaver*, en toute probabilité. À un *Kadaver* chargé de le tuer. Éverill fut en proie à une agitation inouïe. Son cœur s'affola. Ses yeux s'écarquillèrent. Un *Kadaver*. Duma.

Subitement, sa peur se transforma en colère et une entité en lui se déchaîna en rugissant. Il s'empara de sa hache et se rua vers la cabane. Une silhouette. Vite! Il regrettera de vouloir se mesurer à lui. D'un bond, il atterrit dans la pièce unique, haletant, mais alerte.

Personne.

Éverill savait qu'elle se cachait quelque part. Il avança d'un pas calculé, à l'affût de tout mouvement. À distance, il scruta chaque recoin de sa baraque. Rien. Éverill était perplexe. La colère allait laisser place au doute lorsqu'un écho feutré parvint à ses

oreilles. Derrière! Éverill fit volte-face en brandis-
sant sa hache.

Il s'immobilisa brusquement avant d'éclater de
rire. Ce n'était qu'un chat ! Éverill sentit la tension
quitter son corps d'un seul coup, comme un ballon
qu'on aurait dégonflé. La bête sombre l'observait de
cet air curieux, avec de grands yeux verts qui bril-
laient dans la pénombre.

— Tu m'as bien fait peur, toi, lança-t-il d'un ton
soulagé à l'animal égaré.

Éverill, las de la longue journée au soleil, décida
de se mettre au lit –

Un violent coup de marteau à la tempe le fit
perdre connaissance.

II

La jungle

Mon vrai nom est Pandora.

Par « vrai », je veux dire celui que mes parents m'ont donné parce que je ne sais plus lequel est le vrai.

Je suis née dans un quartier défavorisé d'Atlantis. C'est un peu ironique, car, aujourd'hui, tous les quartiers sont défavorisés, mais il n'en était pas le cas avant. J'avais quatre frères et j'étais la plus jeune. Pour ceux qui le savent, cela est suffisant pour résumer mon enfance, l'histoire banale de la fillette battue dans une société patriarcale. Je m'en souviens très peu et j'en suis bien contente. Je n'en ai peut-être plus de souvenir, mais les émotions, les sensations sont restées. Giflée, frappée, rejetée, délaissée, faim, faim, faim, faim, faim, faim, toujours faim... Parfois, je les ressens encore durant la nuit, mais ces rêves ne sont pas les pires; je les préfère à d'autres.

Ce passé fait partie de moi maintenant et je l'ai accepté.

Il ne faut pas trop en vouloir à papa maman, ils étaient pauvres et n'avaient pas le choix, ai-je pensé longtemps. Peut-être que je leur pardonnais parce qu'ils avaient la vie difficile. Peut-être que je leur pardonnais parce qu'ils étaient mes parents. Peut-être que je leur pardonnais parce que je croyais, j'avais l'espoir, qu'un jour, si j'arrivais à la hauteur, ils m'accueilleraient de nouveau et me considéreraient comme leur fille.

Plus jamais.

Si je ne me bats pas, ce sera moi, la victime. Si je ne me relève pas, c'est moi qui serai écrasée.

Du jour au lendemain, je me suis retrouvée dans la *caille*. La *caille* pauvre et sale. La *caille* pleine d'ivrognes et de gibiers de potence. Oui, cette *caille*. La vérité, c'est que je ne sais pas quel âge j'avais. J'y vivais depuis que la mémoire a commencé. Cinq, six ou sept, environ, les mathématiques, c'est pas mon fort. Mais j'ai survécu parce que je suis une survivante. Je crois que j'ai mieux vécu dans les rues que dans mon ancienne maison. Bien sûr, je ne suis pas restée dans la *caille* et je me suis aventurée plus proche du temple. Mon quartier était situé aux confins de la ville et c'est là que les gens sont les plus pauvres. Plus on se rapprochait du temple, plus il y avait de la richesse et des grandes maisons et des gens heureux et confortables et beaux vêtements et belles chaussures et peau blanche blanche. Mon intuition m'y a guidée. C'est mon intuition qui m'a sauvée. Avant, si on allait dans les quartiers plus riches, on pouvait survivre grâce à la charité des gens.

Aujourd'hui, ce n'est plus possible : la *caille*, c'est toute la ville.

Je me suis installée à côté d'une boulangerie dans la Place Publique et j'ai commencé ma nouvelle vie. À cette époque, la Place Publique était un lieu accueillant. Tous les jours, le marché était bondé de marchands et il y avait des *tabernae* partout partout. C'était la fête tous les jours. On y vendait tout ce qu'il est possible d'imaginer : du sel, des figues, des dattes, des choux, des pommes, des herbes, du *garum*, du miel, du pain, de la viande, des bijoux, des tissus magnifiques (je rêvais d'avoir une robe mauve), des outils, des armes, des chaussures… Il y avait des danseuses, des spectacles, des orateurs, des débats et le brouhaha n'en finissait plus.

Je me suis fait un air bien minable, ce qui n'était pas particulièrement difficile parce que je n'avais pas mangé depuis cinq jours, et je me suis assise à côté de la grande pierre de Hyptos. J'attirais l'attention.

La foule se massait autour de moi. J'ai trouvé un grand chapeau de paille par terre et je l'ai tendu. Les pièces ont commencé à pleuvoir.

J'amassais tellement beaucoup beaucoup de pièces (je faisais ma fortune) que la milice de la justice était venue me voir pour me déloger de là parce que j'entravais la circulation. J'avais un sac plein à craquer de pièces quand j'ai laissé ma place à la circulation publique. J'étais plus contente que j'aie jamais été contente de ma vie.

Ce sac aurait pu me nourrir pour le restant de ma vie. Ce sac aurait pu acheter toutes les merveilles alléchantes de la Place Publique. Avec ce sac, j'aurais pu recommencer ma vie. Mais ce sac, je l'ai perdu. Ce sac, on me l'a volé.

Je marchais dans la rue quand on m'a bousculé. Je suis tombée au sol et le sac est parti. Le sac s'est percé et toutes les pièces sont tombées au sol. Je m'étais foulé la cheville et je sanglotais par terre, mais personne ne m'a aidée. Je pleurais, je pleurais, je pleurais de toutes mes forces, mais j'étais isolée dans la masse. J'ai ouvert les yeux et je les ai vus.

Ils s'étaient rués par terre pour mes pièces.

III

Un fauve

Éverill ouvrit les yeux, mais ne reconnut pas ses alentours. Encore au seuil de l'inconscience, il balaya des yeux le décor, hébété. Il était dans une pièce exiguë, démeublée et plongée dans l'obscurité. La seule source de lumière provenait d'une ouverture étroite pratiquée dans le roc d'en face. Les rayons obliques étaient rayés par ce qui semblait être... des barreaux. L'angle languissant des faisceaux de lumière et leur teint légèrement empourpré permirent à Éverill de régler son horloge intérieure. Il tenta de se soulever, mais remarqua subitement qu'il était ligoté à une chaise.

D'un coup, son apathie se volatilisa. Il fut saisi d'une stupeur sans précédent. Son souffle perdit sa régularité et son cœur partit à la course.

Il avait été enlevé!

Éverill reprit les rênes de sa respiration et retrouva son sang-froid. Le sang jouait au tambour dans ses tempes, mais il parvint à analyser sa situation. Que s'était-il passé pour qu'il se retrouve dans cette fâcheuse situation? Il se souvenait peu des événements du jour précédent. Le coucher du soleil… l'ombre… le chat… plus rien. L'Atlantien souffrait cependant de maux de tête lancinants. Sa tempe douloureuse lui révéla l'emplacement du choc. Il en conclut qu'il avait été assommé.

Qui?

Encore songeur, un grincement métallique le fit sursauter. Tous ses sens aux aguets, il perçut un léger déclic, puis une portion du roc s'ouvrit latéralement comme une porte, projetant un éclat de lumière éblouissant dans la pièce sombre. Aveuglé, Éverill ne put que distinguer vaguement la figure qui se tenait à présent devant lui. Ses mains attachées fermement au dos de la chaise ne lui permirent pas de se protéger les yeux.

— Qui es-tu? vociféra Éverill, hors de ses gonds.

Il eut un long moment de silence durant lequel les échos faiblissants de sa voix résonnèrent à travers les parois du donjon sombre. Éverill n'arrivait toujours pas à discerner les contours de son interlocuteur.

— Je suis ton… châtiment, répondit finalement l'ombre.

Ce ne fut qu'à ce moment que Éverill comprit ce qui lui était arrivé. Cette voix, Éverill l'aurait reconnue sans l'entendre.

— Jeune étourdi, tes péchés ne peuvent plus être ignorés par le temple d'Hyptos, commença Duma. Tu es coupable de haute trahison envers le vénérable Hyptos. Tu as bafoué la confiance que les serviteurs de Duma t'ont accordée. Maintenant, c'est une mort infernale qui attend ton âme infâme en chemin vers les abysses de flammes. *Culpam poena premit comes. Culpae poenae par esto.*

Comment Duma l'avait-il retrouvé? Une vague de rage le submergea tandis que le prêtre continuait son monologue moralisateur. Non, il n'allait pas mourir ainsi! Pas par les mains de ce meurtrier d'enfants!

Ils ne me lâcheront donc jamais!

Éverill n'enregistra pas le reste du discours; toute sa conscience était absorbée dans sa fureur. Cependant, à son plus grand désarroi, lorsqu'il revint à lui, Duma s'engageait déjà vers la sortie.

— Attends! s'écria-t-il.

La grille du cachot s'était déjà refermée. Le silence revint.

Éverill faisait face à la mort. Seul dans son cachot, il savait ce qui l'attendait s'il restait ici. Cette malédiction qui s'insinuait tel le serpent du mal dans les sociétés de tous les âges s'emparerait de ce qu'il avait de plus précieux en tant qu'être humain. À Atlantis, c'était la lapidation publique s'il était chanceux, sinon l'immolation. Mais ces exécutions n'étaient que des libérations quant aux séances de tortures qu'il subirait.

Il allait se battre.

Depuis sa désertion, il avait évité tout contact social. Il avait fui aux confins des banlieues désertes de la ville et il vivait comme pêcheur anonyme, troquant ses prises contre des coupons d'échanges. À chaque pleine lune, masqué par la nuit, il se rendait à la Place Publique pour s'acheter des vivres. Mais c'était tout. C'était une vie d'ermite, mais il s'y sentait libre et c'était tout ce qui comptait. Comme un rat, il s'était tapi dans l'obscurité la plus totale en espérant échapper aux griffes de Duma, mais, même au fond du puits de l'oubli, il avait été repêché par ses doigts crochus. Ce n'était pas la fuite qui le libérerait de ses chaînes.

Pour respirer l'air frais de la matinée et sentir le parfum enivrant de la liberté, il devrait éliminer la source de tous ses malheurs. Il devrait vaincre le Léviathan qui tyrannise les Atlantiens depuis trop longtemps. Il devait tuer Duma.

Ce qui importait maintenant, c'était d'échapper à la mort. Il entreprit la manœuvre délicate de se défaire de ses liens. Ils étaient serrés. Le nœud à ses poignets était particulièrement douloureux.

La grille de fer s'ouvrit de nouveau. Un homme en robe apparut. Probablement un prêtre inférieur qui effectuait la sombre besogne de Duma. Il était encadré de deux énormes gardiens qui dévisageaient Éverill d'un air de dogues menaçants. Le pasteur tenait une dague sacrificielle de ses deux mains. Elle était forgée d'obsidienne. On disait qu'une lame d'obsidienne pouvait trancher la peau humaine tel un cube de beurre. Curieusement, Éverill n'avait aucune envie de le constater par lui-même. Le regard rivé au sol, le prêtre marmonnait des prières dans une langue inconnue. Puis, en trottant, il se mit à tourner autour de Éverill.

— *O magne Hyptos, Deus Iustitiae et Veritatis, tu es lux quae tenebras fugat, tu es lex quae ordinem creat, tu es gladius qui aequitatem servat. Audi preces fidelium tuorum, et effunde iudicium tuum super mundum. Consolare innocentes, puni scelestos, et dirige errantes ad viam rectam.*

Le religieux traçait des cercles imaginaires avec sa dague. Qu'allait-il lui faire ?

— *Fiat voluntas tua sicut in caelo, ita et in terra. Sit regnum tuum fundatum in lege et veritate, ut nullus iniquus impune ambulet, et omnis iustus coronetur gloria tua. O Hyptos, custos aequitatis, sit nomen tuum sanctum in saecula saeculorum…*

Il acheva sa prière. Le silence revint. Éverill le toisa, mais il demeura impassible.

D'un rehaussement de menton, l'abbé commanda au garde à sa droite de s'approcher de leur prisonnier. De près, il était encore plus massif. Sans délicatesse, le goliath empoigna sa tête par les cheveux et tira sa mâchoire vers le bas pour lui ouvrir la bouche. Éverill se débattit, mais il fut écrasé par le poids du geôlier. Il étouffait. Ce n'était que lorsqu'il fut complètement immobilisé que le prêtre s'avança. Il brandit sa lame. Une lueur de cruauté se lisait sur son visage.

Ils allaient trancher sa langue.

Le prêtre se rapprocha lentement. Visiblement, il savourait ce moment intime où il pouvait lire sur le visage de toutes ses victimes cette expression éblouissante de l'âme humaine devant l'imminence d'une douleur vive. Elle était unique à chacune :

c'était son charme. Tandis qu'il s'apprêtait à en ajouter une nouvelle à sa collection, les anciennes lui revenaient à la mémoire. Il y avait des visages effarés, horrifiés, pétrifiés, suppliants, soumis, apathiques… et, ce nouveau, c'était un visage… déterminé.

Les liens se dénouèrent.

Éverill se défit de l'emprise du colosse et bondit sur l'abbé comme un fauve. En hurlant de rage, il martela son visage de poings jusqu'à ce que toutes ses dents volassent aux éclats, jusqu'au moment où des bras l'emprisonnèrent de l'arrière pour le retenir. Il se tourna vers ses agresseurs, se déchaîna sur eux en fracassant le crâne de l'un, avant de se ruer sur l'autre pour lui asséner un violent coup de pied à l'abdomen qui l'envoya choir au mur, puis le rejoindre pour lui rompre le cou. Conscient que ses interjections avaient sûrement alerté des gardes, Éverill agit d'une célérité impressionnante. Avec une frénésie animale, il fouilla les immenses poches de la robe ample du prêtre. Il sentit l'espoir renaître en lui : il y découvrit une boucle de clés qui, visiblement, a servi à ouvrir les portes de son cachot. En s'emparant de la dague, Éverill s'élança vers la sortie.

Deux chemins s'offrirent à Éverill : deux chemins foncièrement identiques dont le seul objet de dissimilitude se révélait à être la direction. Éverill se laissa guider par son instinct de survie. Il n'avait pas fait deux pas qu'il entendit les cris d'alarme des gardiens. Malgré la tension de ses muscles, il maintenait son pas prudent et avançait à travers la pénombre avec la douceur féroce d'un jaguar. Sa dague était tenue fermement dans sa main et prête à se gaver de sang frais.

Dessus, dessous, gauche, droite, devant, derrière: des pas résonnaient tout autour de Éverill. Il était une bête en cage. Soudain, il aperçut ses deux premiers geôliers. Ses premières victimes. Éverill n'eut pas le temps de les observer concrètement. Sa dague se souleva et s'abattit. Du sang giclait de la jugulaire déchiquetée de l'un et de l'abdomen lacéré de l'autre lorsque Éverill revint à lui. Son instinct meurtrier s'emparait de lui. Il n'eut d'autre choix que de s'y abandonner.

***

Lorsque Éverill se retrouva au clair de la lune, ses mains tremblantes ruisselaient de sang et sa tunique blanche avait viré au pourpre. Il se trouvait au sommet du temple d'Hyptos. Il était épuisé, mais il ne pouvait pas faiblir. Titubant, il dévala les centaines de marches qui menaient à la ville.

Atlantis était morte: aucun bruit ne s'échappait des maisons; aucune chandelle n'était allumée; aucune lueur de vie n'était visible. Elle l'accueillit de son habituelle odeur de haine. Un vent glacial sifflait à travers les fentes des habitations et hululait d'un ton plaintif. Éverill piqua à travers les ruelles boueuses du centre-ville d'un pas mal assuré. Le soleil réapparaitrait sous peu et toutes ses chances de survie s'envoleraient avec. Il devait agir rapidement.

Éverill errait encore dans de profondes réflexions lorsqu'il fut surpris par l'alarme perçante lancée par le temple d'Hyptos. Rapidement, il chassa les images brouillées des visages ensanglantés qui le dévisageaient. Les *Kadavers* seraient bientôt à ses trousses. Éverill n'avait plus le choix. Il se précipita hors de la ville.

Alimenté par terreur, Éverill courait à perdre haleine. Malgré son manque de repos évident et ses jambes en feu, il n'osait pas ralentir. Il s'était rendu à la lisière d'Atlantis sans apercevoir les *Kadavers*, mais il savait qu'ils se rapprochaient. La simple épouvante que lui inspiraient ces chiens meurtriers lui suffisait pour poursuivre sa cadence infernale.

Le temple d'Hyptos racontait qu'ils étaient des entités surnaturelles chargées de protéger le prophète, mais, comme toutes leurs autres histoires, cela était un parfait mensonge. Les *Kadavers* étaient des enfants que Duma avait enlevés à leurs parents pour les endoctriner et les transformer en véritables machines à tuer. C'étaient eux qui s'occupaient des moindres signes de *désobéissance divine*. Leur efficacité était telle que, partout à Atlantis, régnaient une atmosphère étouffée et une appréhension tacite lorsque le sujet religieux était abordé (ou plutôt, lorsque *tout* était abordé). Des rumeurs de familles entières disparues se murmuraient d'une voix inaudible dans des réunions secrètes tenues dans les nuits les plus silencieuses. C'était grâce à cette menace que les premiers gazouillis de la rébellion furent réprimés.

Éverill s'arrêta devant la barrière qui délimitait Atlantis et les Bois interdits. Il savait que d'innombrables dangers le guettaient dans la forêt, mais le destin ne lui permettait plus le choix.

Une grande bouffée d'air froid.

Il traversa la barrière.

IV

La pluie, le beau temps, et la pluie

J'ai vécu dans la *caille*, longtemps.

J'ai trouvé un autre poste dans la Place Publique et j'ai recommencé ma carrière de mendiante.

L'emplacement était beaucoup moins attrayant que le premier. C'était un coin reculé, caché derrière l'étalage du pêcheur et ça sentait toujours le poisson mouillé (va savoir pourquoi). Ma clientèle a beaucoup diminué et je ne faisais plus assez d'argent pour survivre. Je devais pourtant avoir l'air bien plus misérable.

C'était lors d'une tempête. J'essayais de me protéger de la pluie sous le mince porche d'une des grandes maisons qui longent la grande rue qui traverse la Place Publique. C'était ainsi à chaque tempête parce que j'étais une *pauvre enfant* (c'était ainsi que me désignaient les adultes en soupirant, comme si la pitié allait changer quelque chose). J'étais si faible. Je croyais que j'allais crever pour de bon. La pluie me gelait et le vent me fouettait. Mes pieds étaient glacés comme toujours, mais cette fois, la glace montait dans mon sang et s'emparait de mes jambes et et s'en prenait à ma tête et et et je tremblais de plus en plus fort. C'était à ce moment qu'il est apparu. Quelqu'un m'a prise dans ses bras et je m'y suis endormie.

Je me suis réveillée près d'un feu. Je l'ai vite reconnu. C'était le grand four qui sent bon. J'étais dans la boulangerie. J'ai tourné la tête et je l'ai vu. Il m'a lancé quelque chose. Un *panis*, une tranche de pain. J'ai fondu en larmes, mais il ne m'a plus regardé. J'ai pleuré longtemps. Je ne sais pas pourquoi. Parfois, j'ai juste besoin de pleurer longtemps, peut-être que c'est un besoin humain. Puis, j'ai compris son message silencieux et je suis sortie de son commerce. Le soleil avait repris son aplomb et je suis retournée à mon poste.

Désormais, toutes les fois que je ne pouvais plus supporter ma faim, j'allais le voir. Sans me regarder, il me tendait un morceau de pain. J'essayais très très fort d'attirer son attention pour qu'il me regarde encore une fois, comme la fois où il m'avait sauvé parce que c'était un regard différent de tous les autres regards, un regard qui ne recelait ni de la pitié, ni du mépris, ni de l'ennui, un regard que je garde aujourd'hui encore en mémoire... mais je n'ai jamais réussi. Il ne fallait tout de même pas abuser de sa bonté.

Mes pieds sont restés glacés, mais je pouvais les réchauffer auprès de son feu.

Cet homme était une des rares personnes qui m'ont témoigné de la gentillesse, de la vraie gentillesse, le genre de gentillesse qui ne demande rien en retour. Il avait le cœur sur la main. Si l'au-delà existe vraiment, j'irai le remercier, si, bien sûr, j'y suis moi-même admise. Mais je n'y place pas trop d'espoirs. La vie est bien trop cruelle pour nous épargner après la mort.

Il n'était pas beau du tout avec son nez immense, ses cernes violacés et son menton de goblin, mais, pour moi, il était le plus bel homme du monde parce qu'il était mon premier amour. Je crois qu'il est important d'aimer les gens qui ne sont pas beaux parce qu'ils ont parfois une très belle âme et c'est injuste qu'on les regarde seulement de l'extérieur et pas de l'intérieur.

Souvent, les personnes les plus belles pourrissent de l'intérieur.

J'ai vécu ainsi toute mon enfance. J'ai grandi avec ma haine et ma solitude et je me suis débrouillée pour survivre. Jusqu'à ce qu'il n'ait plus été possible de survivre ainsi.

C'était une soirée d'hiver comme tous les autres. Cela faisait une semaine que je n'étais pas allée le voir parce que j'avais peur de l'embêter. Mais là, je ne supportais plus la faim et il faisait un froid de canard et j'ai pensé qu'une semaine était un intervalle suffisant pour ne pas avoir l'air trop *dépendante*.

Mon cœur battait très fort quand, finalement j'ai trouvé le courage de glisser sous la toile à l'entrée du commerce.

Silence.

Le feu du four était éteint et la pièce était aussi froide que l'extérieur. J'étais soudain très déçue, aussi déçue que le matin quand une grande femme riche avec une belle robe mauve m'avait regardée et je lui avais fait mon plus beau sourire, mais elle n'en avait rien à cirer de mon plus beau sourire et elle est partie avec un air désintéressé. Aussi déçue que le jour d'avant quand un homme m'avait regardé dans les yeux, puis avait fouillé dans ses poches et avait sorti des pièces, seulement pour le donner au maudit pêcheur d'à côté. Aussi déçue que tous les jours, en fait, quand je comptais les pièces dans mon chapeau de paille miteux et constatais que j'en recevais de moins en moins chaque jour. Sauf que cette fois-ci, j'avais attendu une semaine pour être déçue et c'était une semaine longue et froide.

Où était-il?

Une odeur putride m'est alors parvenue et un frisson m'a parcourue. Je me suis lancée derrière le comptoir. Cette odeur, je l'avais sentie trop de fois pour ne pas la reconnaître. Dans la *caille*, il y avait parfois de grandes bagarres durant la nuit et les hurlements me réveillaient. Le matin, j'allais voir et il y avait souvent un homme qui dormait, accoté contre un mur de notre maison dans un coin sombre. Un, deux, trois, quatre, cinq jours et il restait là, immobile. C'était cette odeur qu'il dégageait.

Il était couché au sol.

J'ai touché sa joue. Il était aussi glacé que mes pieds.

Je n'ai jamais su son nom. Il ne m'a jamais parlé, mais, parfois, quand je me sentais tellement seule au monde que j'avais envie de mourir, je m'amusais à l'imaginer comme mon père. Ce père que je n'ai jamais eu et qui m'a abandonnée comme une pièce de rechange.

Il était mort seul, derrière un comptoir de cuisine, et c'était une fillette de la rue qui l'avait découvert.

J'ai passé ma main sur son visage et j'ai fermé ses paupières.

Il avait été poignardé.

J'ai regardé autour de moi. Les étagères étaient vides. Ils l'ont tué et ont tout pris. Ces salauds…

Je n'ai pas pleuré.

Je me suis relevée et je suis partie.

C'était dans cette soirée d'hiver comme tous les autres que je me suis fait une promesse.

Une promesse que j'ai tenue toute ma vie.

V

Les Bois interdits

L'obscurité, chassée par les torches des rues d'Atlantis, régnait en maître dans la forêt. Éverill avançait prudemment à travers le feuillage inondé de noirceur, à l'affût de tout bruit. Même si l'obscurité amplifiait sa peur, il savait qu'elle le cachait des *Kadavers* aussi. Tant bien que mal, Éverill tâtait son chemin à travers la nuit —méthode très peu efficace, il faut dire. Éverill ne comptait plus le nombre de fois qu'il avait trébuché sur une racine d'arbre, sursauté d'un frémissement de feuilles, perdu le pied d'une pierre instable ou heurté son orteil douloureusement contre un objet coupant non identifiable. Le filet de sang qui s'écoulait de son front égratigné l'inquiétait, car il savait que les *Kadavers* pouvaient flairer le sang comme ces monstres marins dans les eaux profondes.

Malgré un manque sinistre de direction, Éverill sentait qu'il s'élevait légèrement. Son plan de fortune : grimper le volcan. C'était un lieu sacré et nul n'avait le droit d'y monter; toute personne prise en flagrant délit était passible de peine de mort. Cette conséquence était cependant le dernier des soucis de Éverill. Chancelant de fatigue, il accéléra le pas. Ses sandales de paille étaient en lambeaux et chaque enjambée le faisait grimacer de douleur, mais il n'osait pas ralentir. La végétation diminuait progressivement et les premiers rayons de soleil commençaient à pointer à travers la cime des arbres centenaires. Cette première lueur matinale facilitait son ascension, mais elle aidait aussi celle des *Kadavers*. Éverill avança en tentant d'oublier la douleur et ses jambes en bouillie.

Malgré le succès apparent de son évasion, Éverill sentait une vive appréhension monter en lui. C'était beaucoup trop facile. Beaucoup trop calme. L'alarme avait sonné depuis minuit et il n'avait même pas aperçu l'ombre des assassins de Duma. Ses nerfs tendus à rompre refusaient de se relâcher. Il sentait l'embuscade approcher. D'un instant à l'autre…

Soudain, il sentit quelque chose remuer sous ses pieds. Il s'écarta brusquement. Il fut sauvé par son instinct de survie; un piège à collet l'aurait attendu s'il avait hésité un seul instant. Lentement, des figures vêtues d'amples capes noires se révélèrent tout autour de lui. Des corbeaux autour d'une larve. Leur intention meurtrière était palpable. Une brise glaciale accompagna leur apparition.

— Il est agile, lui, ricana une voix enrouée qui pétrifia les entrailles de Éverill.

— Moi, j'aime ceux qui sont agiles. C'est plus drôle les tuer, renchérit une autre.

Les croassements moqueurs résonnèrent à travers la clairière. La figure sombre au centre, visiblement le chef, incita le silence d'une main. Il se distinguait des autres d'une certaine aura d'impénétrabilité. Sa raideur disciplinée traduisait une froideur inébranlable, uniquement trahie par des yeux d'onyx où étincelait un désir ardent de violence. Sur son capuchon étaient incrustés deux éclairs rouge sang, l'emblème des *Kadavers*. Il s'approcha de Éverill avec la nonchalance propre aux prédateurs certains d'avoir coincé leur proie. Cependant, à mesure qu'il avançait, une lueur d'étonnement se dessina sur son visage déformé de lacérations profondes.

— Zergos? prononça-t-il.

Des murmures de surprise se répandirent parmi les *Kadavers*.

Éverill saisit cette opportunité de distraction sans hésitation. Son bras poignarda vivement l'homme devant lui tandis que ses jambes se précipitèrent hors de la clairière. Quelques instants plus tard, il se retrouva sur le roc volcanique en dehors de la végétation. Ses jambes le portaient aussi vite que le vent. Les *Kadavers* étaient à ses trousses.

Pied droit.

Pied gauche.

Pied droit.

Pied gauche.

Pied dro —

Une flèche sifflante égratigna son oreille et le força à se retourner. Une partie des *Kadavers* avaient empoigné leurs arcs, tandis que les autres le poursuivaient encore. Ainsi à terrain découvert, Éverill était une proie facile pour ces meurtriers d'expérience. Il partit en course en zigzag. Ce manège ne dura pas longtemps. Éverill découvrit avec horreur la pente raide qui coupait le chemin devant lui. L'évadé était piégé. Sous lui s'étalait l'épaisse flore sauvage inconnue des Atlantiens. La destination idéale, si elle excluait une chute fatale. Ce moment bref d'hésitation fut sa perte; il n'eut pas le temps de se retourner. Une douleur ardente transperça sa jambe. Une violente poussée et il bascula dans le vide.

Chute libre.

L'instant était éternel. Éverill se sentait accélérer à travers l'air coupant. Le vrombissement assourdissant de l'atmosphère déchirait ses tympans et lui apportait une certaine résignation. Devant la mort imminente, Éverill était serein. Son corps, malmené par les variations du vent, virevoltait à travers le ciel azur comme un flocon de neige. La liberté qu'il ressentit dans l'absence du poids le surprit.

Ses yeux grand ouverts observaient le monde avec fascination.

J'avais toujours voulu être un oiseau. Un aigle. Je planerais au-dessus du monde. Dans le calme. Dans la paix. Rien ne pourrait m'atteindre. Je pourrais aller où je veux. Je survolerais les océans, les terres inexplorées, les paysages inconnus… Je n'aurai plus à obéir à personne.

Je serais le maître du monde et personne ne me connaîtrait.

La mort est-elle un châtiment ou une libération? Au seuil du néant, Éverill ne sut que répondre, mais la libération lui vint naturellement.

VI

Une bête indomptable

J'ai volé.

Je devais survivre, je n'avais pas le choix. J'aurais bien aimé être une personne légale, mais les personnes légales ne survivent pas longtemps. Je ne suis pas une criminelle, j'essaie seulement de faire ma place.

Le château de sable de mes illusions s'est effondré avec sa mort. Je craignais la solitude, je craignais la réalité. Je m'étais fait un ami et je me croyais acceptée par la société. Mais il n'en a jamais été.

Ma nouvelle carrière était beaucoup plus payante que celle de la mendiante. Je faisais de moins en moins d'argent de ce côté-là. Peut-être parce que je vieillissais et que les gens avaient moins pitié de moi, peut-être parce qu'ils étaient habitués à me voir là et quand on est habitué, on s'en soucie moins, c'est comme si on n'existait plus, ou peut-être parce qu'ils devenaient eux-mêmes plus pauvres et la bonté, ça diminue quand on a moins de richesse, mais ça n'augmente pas quand on en a plus. Je ne sais pas, mais ils peuvent bien aller chier avec leurs raisons.

Je n'essaie pas de me vanter, mais j'étais assez douée (comme toujours, je sais, merci). Avec mes années d'expérience dans les rues, j'ai appris à me faufiler à travers les masses comme une chatte. J'étais une ombre. J'apparaissais et *hop*! Une pomme à manger maintenant. Les marchands n'y voyaient que du feu. J'en entendais qui s'exclamaient : « Mais je suis certain, mais *certain*, qu'il y avait un pot complet de sirop de maïs juste ici! » Parfois, ils se calmaient en croyant que leurs mémoires étaient fautives, mais parfois, ils se mettaient à accuser leurs voisins, qui, eux aussi, s'étaient fait voler, et là, ils s'empoignaient et s'injuriaient et c'était la bagarre dans la Place Publique. Pendant ce temps, je sirotais mon sirop en toute tranquillité.

C'était tellement facile que j'ai commencé à prendre confiance. Je me croyais intouchable : la plus grave erreur de ma vie. Il y en a eu bien d'autres, mais je crois que c'est là que tout a commencé.

C'était le soir. La Place était déserte et les marchands allaient se retirer pour la nuit. Je n'osais jamais voler quand elle était déserte parce que la foule me servait de couvert, mais je n'avais pas reçu un centime de toute la journée et je crevais de faim. Il restait un étal dans un coin sombre.

Il n'y avait pas de marchands. C'était un étal inoccupé. Il y avait là les fruits les plus juteux que j'aie jamais vus de ma vie. Je salivais déjà. J'ai regardé autour.

Personne.

C'est aussi facile que de prendre un bonbon à un enfant, ai-je ricané. Je n'avais pas eu l'astuce de penser que c'était louche.

J'ai surgi de l'ombre et j'ai saisi une poignée de dattes. *Du gâteau.* J'allais retourner à ma cachette pour les déguster quand quelque chose m'en a empêché. J'ai tiré de toutes mes forces, mais je n'avançais plus. Une grosse main avait emprisonné mon poignet.

Je me suis débattue comme ces bêtes en cage que les chasseurs apportaient. J'ai crié, frappé, griffé, mordu, supplié, mais la grosse main était aussi solide qu'un crochet de fer.

J'ai levé les yeux. C'était un homme obèse au visage affreux. Il m'a fait le sourire d'un violeur d'enfants. J'avais peut-être eu tort de penser que les gens moches sont plus gentils que d'autres.

— Ma *belle*, sais-tu ce qu'on fait aux voleurs, ici?

Il avait la voix gutturale d'un homme des cavernes. Je n'ai pas répondu parce que je me suis pissée dessus.

— Viens, je vais te montrer la pierre d'Hyptos.

Il m'a amenée au centre de la Place. Je n'avais plus de force et je me suis laissé traîner au sol comme les condamnés résignés qui se font pendre juste à côté.

— Troisième loi du vénérable Hyptos… Peux-tu me la lire?

— Je… Je ne sais pas lire, ai-je pu articuler.

Il se racla la gorge.

— Troisième loi du vénérable Hyptos : « Tout voleur est tenu de subir les conséquences de son infraction : une main au cas premier, un bras au cas subséquent et la mort au troisième. »

De sa toge a jailli un long couteau.

— Sais-tu ce que cela veut dire?

Il a souri.

Il a tenu ma main droite fermement. J'ai crié à l'aide, mais j'étais isolée. J'ai tiré jusqu'à m'arracher le bras, mais il était plus fort que moi. Allais-je me faire amputer? Allais-je mourir de faim parce que je ne pourrais plus voler? Allais-je encore devenir la *victime*? *Ma promesse*… J'ai libéré toute ma haine accumulée et je me suis transformée en bête féroce. En hurlant de rage, j'ai asséné un violent coup de pied à ses couilles. Son emprise a faibli. Il a couiné comme une vermine. Un autre coup de pied et il a tenté de m'abattre avec un poing, mais j'ai pu me dégager avant. Je me suis emparée de son couteau, mon sang jouait au tambour dans mes tempes, tout a viré au rouge, il a reculé, il y a eu de la terreur dans ses yeux, il a poussé un cri de détresse, il a perdu l'équilibre et s'est écrasé au sol, je suis tombée sur lui et j'ai planté le couteau dans sa poitrine, encore, encore et encore.

VII

Une mort

Genesai... pajesuigémalgéamenéladouleurdanlamor? Je-suismorestce que jesuis mort? Jenesaispas... jenesaisplus... maisquisuije? Jesuisunoiseau... jesuisunaigle... jesuislemaître-dumonde... J'ai mal... mes ossontenpoudre... J'ai mal... J'entends hurler... Ça me brise lesoreilles... Arrête... décrié... mais j'ai mal... C'est moiquiamal... Du liquide chaud rempli ma bouche... Je crache... Je continue à hurler... Je veux pas mourir... J'ai mal...

J'
ai
mal.

Je vais mourir. Je vais mourir...

Je veux vivre. Je veux vivre. Je veux vivre. Je veux vivre. Je veux vivre. Je veux vivre. Je veux vivre. Je veux vivre. Je veux vivre. Je veux vivre. Je veux vivre. Je veux vivre. Je veux

*vivre. Je veux vivre. Je veux vivre. Je veux vivre. Je veux vivre.
Je veux vivre. Je veux vivre. Je veux vivre. Je veux vivre. Je
veux vivre. Je veux vivre. Je veux vivre. Je veux vivre. Je veux
vivre. Je veux vivre. Je veux vivre.*

Je… Veux… Vivre…

Je dois vivre.

Mais je vais mourir.
Je crie.

*Crier m'écorche la gorge, me lacère les tympans, mais je
continue à crier.*

Je vais tous les tuer.

Tous…les… tuer…

Je le jure.

Mais je ne vais pas vivre.

Je vais mourir dans un trou dans un trou d'animal je vais mourir comme un chien personne se souviendra de moi j'agonise dans un trou de chien et je ne peux rien faire rien faire rien faire rien faire rien fai—

— Tu vas bien aller. Je vais te soigner. Calme-toi. Calme-toi.

Quoi?

Un parfum de lavande. Je me calme. Je vois une silhouette. Mes yeux sont brouillés. Je suis transporté dans le temps. Une maison de bonheur... La fragrance de lavande...

VIII

Un animal en détresse

Je me suis enfuie.

À Atlantis, le meurtre est puni par un autre meurtre. J'aurais fini lapidée et déshonorée en public. Il n'y a pas de pire mort. Je ne regrette rien. Je n'avais pas d'autre choix. Je ne dois plus rien à personne.

Je courais comme un animal en détresse.

Le soleil s'était couché, mais je ne savais toujours pas vers où je me dirigeais. Je savais bien qu'il n'y avait nulle part où fuir. Je remontais lentement en pente et je les voyais derrière moi. Ils s'en venaient pour ma peau. Leurs torches illuminaient les ruelles et ils me prenaient de vitesse. Je ne devais pas être plus haute que trois pommes et mes petites jambes ne me porteraient pas bien plus loin.

J'avais atteint un terrain découvert quand j'ai entendu les jappements de leurs chiens. Je ne me suis pas retournée et j'ai continué de courir.

J'ai vu une barrière au loin. Je ne savais pas ce qu'elle signifiait, mais je m'y suis précipitée par instinct. Les jappements étaient de plus en plus proches, je n'osais pas me retourner parce que je savais que si je les voyais, je perdrais toutes mes forces alors j'ai couru, couru, couru, une flèche a sifflé à un cheveu de ma tête et s'est brisée sur une pierre, mais j'ai poursuivi ma course sans m'en soucier, je devais survivre, je ne mourrais pas ainsi, une douleur aiguë a transpercé ma jambe, un chien avait mordu mon mollet, mais j'avais atteint la barrière et j'ai vu une faille et j'ai plongé.

IX

Les racines du mal

Éverill Zergos était né dans une famille ordinaire de paysans en l'an 675 après Hyptos. Ils n'étaient ni riches ni pauvres, mais ils s'aimaient. Son père, Caius, était agriculteur de blé et, comme toutes les autres femmes d'Atlantis, sa mère s'occupait des enfants. C'était une femme intelligente et astucieuse qui, dans d'autres circonstances, serait devenue une Atlantienne accomplie. Mais elle ne l'était pas. Le sort destiné à la moitié de la population était une vie dédiée au foyer. Cela dit, Aurelia aimait ses enfants et consacrait tous ses efforts à leur éducation. Et Éverill avait une sœur aînée âgée de dix printemps. Elle s'appelait Aelia. Aelia avait toujours voulu un petit frère et avait supplié ses parents des années durant pour qu'ils lui en *trouvent* un, et était particulièrement joyeuse depuis la naissance de Éverill. Dans cette famille, Éverill aurait grandi comme un garçon normal, choyé par les attentions des femmes et aguerri par le labeur des hommes. Mais cette vie qui conviendrait à beaucoup serait écartée du destin de Éverill.

L'an 677, le Conseil des Anciens, fortement influencé par le jeune Duma assoiffé de pouvoir, décréta une loi qui bouleversa le cours de l'histoire atlantienne.

Cette loi, la voici :

Dans les plus brefs délais, toute famille est tenue dans l'obligation immédiate d'offrir le benjamin de la famille au temple d'Hyptos avant la prochaine pleine lune, pourvu que l'enfant soit âgé de cinq printemps ou moins. Tout acte de désobéissance est passible de la peine capitale.

Les Atlantiens se réveillèrent un matin et la trouvèrent gravée au-dessus de la pierre d'Hyptos située en plein centre de la Place Publique. Les premiers ne surent comment réagir : ils émirent des cris de lamentation. Cette tentative de désobéissance ne fut pas ignorée par les soldats en garde. Les gardiens de la paix sévirent. Aux yeux horrifiés de tous, ils furent pendus sur le champ.

Les corps suspendus aux potences découragèrent toutes tentatives d'émeute. À ce moment funèbre, Duma se manifesta et apparut d'un mouvement théâtral sur une banquette élevée derrière sa garde personnelle. Son visage glacial traduisait un manque profond d'empathie. Sa voix gutturale tonna à travers le silence assourdissant :

— Enfants de Lauriange, je vous prie de vous calmer.

Les regards remplis de haine se tournèrent vers lui.

— Le temps est venu de nous unir pour combattre le mal. Depuis des lunes, je scrute les étoiles. Ce que j'ai vu m'effraie terriblement : les étoiles m'ont révélé l'apocalypse. Dans quelques lunes, un fléau d'ampleur inimaginable s'abattra sur Atlantis. Mes enfants, c'est la survie de notre nation qui est menacée. Pour protéger l'héritage du vénérable Hyptos, c'est le temps de s'unir pour défier la catastrophe. *O Hyptos, Magne Creator, lux aeterna et principium omnium, qui caelum et terram sapientia tua formasti, et universa tua potentia sustines.*

Un court silence. La haine n'avait pas quitté les yeux de son public.

— Cela ne sera pas facile, je vous préviens. Les plus grands défis requièrent les plus grands sacrifices. Depuis des lustres, j'accumule les sacrifices : rien ne semble apaiser la fureur du cosmos. Des dindons lustrés, des porcs coiffés au peigne fin, des taureaux luisants baignés au palais… Rien. Je dus me rendre à l'évidence : l'urgence du cataclysme demande la vie humaine. J'immolai à l'autel d'Hyptos alors des criminels condamnés. Je voyais un changement, mais pas suffisant. Ensuite, des femmes. Toujours pas assez. Mon raisonnement m'amena à une conclusion qui fut d'une telle cruauté que le sommeil m'abandonna les nuits suivantes. Je fus en proie à une indécision qui me cloua au lit. Cependant, à l'aurore du jour précédent, Hyptos me prodigua la force de me décider. Je me redressai avec détermination et mis fin au dilemme qui m'empoisonnait depuis des lunes : je sacrifierai les enfants.

Les échos de cette dernière phrase se répandirent à travers le silence complet de l'assemblée. Il essuya une larme avant de poursuivre.

— Les enfants sont les êtres les plus purs, les plus chers et les plus proches de la création d'Hyptos. C'est le sacrifice nécessaire à la survie d'Atlantis, de la race humaine et de l'héritage d'Hyptos. Je demande pardon pour cette requête difficile, mais je sais, au fond de mon âme, que vous seriez prêt à tout donner pour notre présent, pour notre futur et pour le vénérable Hyptos. Gloire à Atlantis! Gloire à Lauriange! Gloire à Hyptos!

Ce furent d'abord quelques applaudissements épars, puis la masse les rejoignit, et la foule se surprit à acclamer Duma. Ce discours enflammé amena certains aux larmes.

La pleine lune suivante, âgé de deux printemps et trois lunes, Éverill se retrouva au temple d'Hyptos avec trois mille autres enfants.

X

La forêt aux arbres géants

Le soleil.

Je me suis réveillée en sursaut. Le soleil s'était levé depuis longtemps.

Comment étais-je en vie? Ils ont eu des heures pour me tuer. Je me suis relevée et j'ai regardé derrière moi.

La barrière.

Pourquoi s'étaient-ils arrêtés après la barrière? Où étais-je donc? Je me suis retournée. Devant mes yeux s'étendait une forêt d'arbres géants…

— Les Bois interdits… *là où les arbres sont aussi hauts que le ciel*… me suis-je murmurée.

Dans la Place, j'écoutais les conversations autour de moi (qu'ai-je d'autre à faire). On racontait que ce lieu était sacré et que Hyptos en interdisait tout accès. Ces bois recelaient des monstres sanguinaires qui n'hésiteraient pas à nous déchiqueter en morceaux si on décidait de braver l'interdiction du Dieu suprême.

Bon, je m'en foutais pas mal de monsieur Hyptos, mais les monstres me donnaient la chair de poule. J'ai entendu parler trop souvent d'imprudents qui se sont aventurés dans ces bois pendant la nuit et qui ne sont jamais ressortis. Il paraît que ces monstres sont surtout actifs la nuit et qu'ils préfèrent les enfants par-dessus tout.

Je me suis retournée vers la barrière. Qu'allais-je devenir si je retournais là-bas? Ce n'était qu'à ce moment que j'ai saisi l'ampleur de mon crime.

J'ai tué.

J'ai regardé mes mains. Elles étaient ensanglantées. Je n'arrivais pas à discerner si le sang était vraiment là ou s'il existait seulement dans mon imagination. Je me souviens peu de ce qui s'est passé. Tout est arrivé tellement vite.

Du sang. Beaucoup de sang. C'était tout ce qui était resté.

Étrangement, je ne ressentais rien. Ni regret, ni sympathie, ni pitié. Il n'y en avait aucune trace en moi. C'était le malaise de ne rien éprouver qui me rongeait. C'était l'apathie qui m'effrayait. Un frisson m'a parcourue.

Suis-je donc vraiment un monstre?

J'ai commencé à avoir peur. Très peur. De moi-même et de la chose qui m'habitait.

Je me suis vite détournée de mon malaise. Je serais morte si je ne l'avais pas tué. Et je me suis rappelé ma promesse. Je serai ferme et je continuerai d'avancer.

J'ai regardé derrière. La ville et l'exécution publique.

J'ai regardé devant. La forêt et les démons de Hyptos.

Coincée ainsi entre les atrocités des hommes et les atrocités des monstres mythologiques, j'ai préféré les dernières. Au moins, eux ne m'humilieraient pas.

Je devais trouver refuge avant la tombée de la nuit. Peut-être que je pourrais survivre un peu plus longtemps ainsi.

J'ai fait un pas vers l'avant, mais j'ai immédiatement grimacé. Mon mollet saignait comme une fontaine. J'ai déchiré un pan de la jupe que j'avais volée il y a quelques jours et j'ai enveloppé la blessure, comme j'ai vu les mères le faire à leurs petits dans la Place. Ma propre mère est apparue dans mes pensées, mais je l'ai chassée rapidement parce que je ne veux plus jamais la revoir.

J'ai enterré ma vie d'hier, j'ai pris mon courage à deux mains et je me suis enfoncée dans la forêt aux grands arbres.

Ils étaient encore plus grands que je le pensais. J'étais terrifiée et je voyais des démons sauter sur moi de partout, mais je savais tout de même admirer le paysage. Je n'avais jamais rien vu de tel (à vrai dire, je ne peux pas me vanter d'avoir vu grand-chose dans ma vie, mais, vraiment, c'était époustouflant). Je ne savais pas que les arbres pouvaient autant vieillir. On dirait qu'ils avaient vécu des milliers et des milliers d'années et que leur taille n'était qu'une représentation de leur sagesse. Peut-être ils étaient déjà là quand le monde a été créé, qui sait? Personne n'était là, alors on ne peut pas savoir. Les troncs étaient aussi larges que les maisons les plus riches de la ville et, quand je levais mes yeux vers le ciel, je me sentais comme une fourmi, tellement les cimes étaient hautes dans le ciel. J'ai essayé d'en grimper un, mais, comme j'ai failli mourir, j'ai décidé de ne plus retenter l'expérience.

Petit à petit, le soleil est allé se coucher à l'horizon et la réalité a poignardé mon enchantement. J'avais erré dans la forêt toute la journée, mais je n'avais trouvé ni refuge, ni eau, ni nourriture. Je crevais toujours de faim parce que je n'avais pas pensé à ramasser les dattes que j'avais volées et ma gorge était maintenant aussi sèche que du papyrus froissé. Si je ne trouvais pas refuge, les monstres me dévoreraient la nuit. Si je ne trouvais pas refuge, les monstres me dévoreraient la nuit. Cette phrase se répétait en boucle et en boucle dans ma tête. Les derniers rayons s'éteignaient un à un.

J'étais fatiguée à mort et je boitais de plus en plus. La plaie s'était corrompue et s'ouvrait constamment. Ça faisait tellement mal que je devais m'arrêter et me reposer à chaque dix pas si je ne voulais pas mourir de douleur. J'étais aussi étourdie que la fois où j'avais volé une bouteille qui contenait un liquide étrange, sauf que cette fois, ce n'était pas aussi plaisant.

Bientôt, la nuit totale s'est installée.

Froid, silence, noir… c'était tout ce que j'avais trouvé.

Ils m'avaient entourée. Ils m'observaient, me dégustaient et n'attendaient que le moment opportun avant tous jaillir de leur cachette pour me dépecer… Un bruit. Derrière.

J'ai crié.

J'ai couru et j'ai oublié ma douleur. Ils étaient derrière moi, derrière, derrière, derrière, ils me pourchassaient et m'encerclaient, j'allais mourir non, non, non, non, non, ils m'ont tiré vers l'arrière, non, non,

non, non, non, je me suis dégagée, j'ai crié encore plus fort, j'ai fermé les yeux, j'ai couru, je n'existe plus je suis invisible je suis une coureuse je dois survivre je dois survivre je dois survivre, une lumière au loin, j'étais sauvée! Ils ont peur de la lumière! Je peux survivre!

J'ai trébuché.

Le monde tournait et je ne pouvais plus me relever. Ils m'ont rattrapée. Je ne voyais plus rien, je m'évanouissais, mais, devant mes yeux, avant de mourir, j'ai vu.

Une silhouette d'homme.

XI

Un cadavre

Au pied d'un pic qui perforait le ciel se cachait une clairière verdoyante. Encadré de majestueux arbres centenaires, ce lieu de quiétude et de sérénité s'épanouissait dans l'ignorance du monde de violence qui l'entourait. Un ruisseau cristallin serpentait entre ces piliers de la nature en irriguant la paix qui régnait dans l'environnement utopique. Au centre de la clairière se dressait un menhir gigantesque. Cette pierre colossale imposait calmement sa droiture à la nature et semblait ordonner de l'ordre à ses sujets qui se rassemblaient autour de lui. Cette force immatérielle attirait tous les animaux qui y trouvaient un refuge accueillant. C'était un lieu de repos pour les oiseaux, un point de repère pour les loups, un abri pour la famille de cerfs qui s'y était installée. Le menhir gouvernait ce décor paradisiaque en le transformant en jardin divin.

Au fil des années, un camp humain y avait été établi. Pour une raison étrange, peut-être par pur désir de destruction, le mégalithe avait été renversé et la clairière, assujettie par l'Homme.

C'était une ferme où se dressaient des chiens. Ces pauvres animaux y étaient soumis à une cruauté indicible. À coups de pied, de bâton, de fouet, on inculquait aux chiens la discipline et l'obéissance absolue. Ces êtres brisés tentaient de recoller tant bien que mal les morceaux déchirés de leurs âmes à travers la violence mutuelle. Dans leurs dortoirs de promiscuité nauséabonde, ces dogues furieux de leurs existences se mordaient, se violaient, s'entretuaient. Ces baraques de bois délabrées étaient postées à côté des grands arbres attristés. Partout régnait dans l'air le goût amer de la répression et de la maltraitance. Le bourdonnement joyeux de la vie avait été remplacé par le silence assourdissant de la rage étouffée.

Il est curieux d'appeler le chien le meilleur ami de l'homme, car son pire ennemi est lui-même. Après une observation approfondie, on constatait que ces chiens n'étaient point animaux; c'étaient des humains.

Le temple d'Hyptos n'avait pas consacré les enfants qu'ils avaient volés à des fins sacrificielles. Plutôt, à la création de l'armée personnelle de Duma. Les *Kadavers*, les avait-il appelés, dans un éclair de génie. Trois mille enfants furent enlevés de leur foyer familial, où ils eurent été choyés, dorlotés, cajolés, pour servir d'esclaves à un homme dont la cruauté ne connaissait pas de fin. Bien sûr, ce complot fut exécuté dans le plus grand secret, caché même du Conseil des Anciens. Duma planifiait déjà sa prise de pouvoir. Pour faire honneur à ses mensonges, Duma immola quelques centaines d'enfants (surtout les fillettes et ceux possédant quelques infirmités) sur la Place Publique. Le reste des enfants fut immédiatement soumis à l'entraînement intensif qui ferait d'eux des soldats de la mort. Éverill grandit ainsi dans l'obscurité et l'endoctrinement. Jusqu'à ses dix-huit printemps.

Dix-huit printemps après l'enlèvement des enfants, il ne restait plus que cinq cents et quelques de ces adultes. Les plus forts avaient survécu et les plus faibles avaient péri. Les survivants étaient les meurtriers les plus talentueux de l'humanité et les plus dévots à la doctrine de Duma. *La crème de la crème*, comme le soulignait si bien ce dernier en dégustant son sirop de blé, entouré de ses conseillers qui n'avaient aucune idée de ce qui se passait dans la basse-ville.

Bien sûr, le peuple n'en savait rien. Les parents, bien qu'éplorés, se consolèrent en pensant à la sécurité que Duma leur avait prodiguée. Au fil des années, cette tragédie ne fut pas oubliée, mais écrasée. Malgré certaines cicatrices qui refusaient de se refermer, les Atlantiens avaient arrêté de relater cet événement. Leurs souvenirs étaient ensevelis sous la propagande incessante qui s'insinuait comme un venin engourdissant dans leurs pensées. Puis, la puissance montante de Duma avait été ignorée. Les ficelles du tyran s'étiraient jusqu'aux dernières terres habitées.

Les Aspirants *Kadavers* étaient classés en grades selon leur aptitude aux armes. Les lettres Z, Y, X, W et V servaient à cela. Grâce à sa carrure imposante et à son affinité innée avec les lames, Éverill avait été classé dans la catégorie Z, où il avait été reconnu comme étant un des meilleurs guerriers. Sa musculature surhumaine lui permettait de se déchaîner sans retenue, et sa taille imposante aidait à garder les ennemis à distance grâce à la double hache qu'il maniait d'une main experte.

Malgré tous ses dons physiques, le jeune guerrier ne parvenait jamais à vaincre Ophis Veteros, son meilleur ami et le combattant le plus doué de tous les Aspirants *Kadavers*. Vénéré des superviseurs, il possédait l'élégance d'un danseur et l'instinct meurtrier de la vipère noire. Personne ne parvenait à s'échapper de sa dague de serpent. La dague était sa maîtresse et il la maniait tel un prolongement de son corps. Ce matin glacial d'hiver, Ophis se préparait à défendre son statut de champion. Son style harmonieux était l'antithèse de la technique chaotique de Éverill. Où il était fluide et venimeux, Éverill était brusque et impulsif. Où il était svelte et élancé, Éverill était massif et imposant. Ophis était la vipère; Éverill était l'ours. Comment un serpent domine-t-il un ours? Ophis en fit la démonstration :

— Ne fais pas ta peureuse comme la dernière fois, le provoqua Éverill. Approche-toi et bats-toi comme un homme.

Ophis ne mordit pas à l'hameçon.

— Ne perds pas comme la dernière fois, ricana-t-il.

Éverill se jeta sur lui comme un fauve enragé. Malgré son apparent manque de finesse, chaque coup était empreint de la technique peaufinée d'un maître aux armes. Cependant, ne fut-il pas difficile de frapper un serpent? À force d'enchaîner les coups puissants, l'ours se fatigua rapidement et la vipère foudroya. Incapable d'encaisser les frappes incessantes de la précision minutieuse de la vipère, l'ours se vit forcé à reculer. La vipère multiplia ses attaques. L'ours fit un effort désespéré de défense et la vipère évita la hache qui voulait sa tête. Ceci lui offrit l'ouverture qu'il attendait. Vif comme l'éclair, il dirigea ses crocs de venin vers les côtes de l'ours. Éverill dut capituler en constatant que la dague de Ophis s'était arrêtée contre son cœur.

— C'est bon, c'est bon, tu as gagné, grommela-t-il, soufflant.

Ophis s'esclaffa du rire du vainqueur en retirant sa dague.

— 133 combats remportés de suite! s'écria-t-il.

— Je termine ta série la prochaine fois, répliqua Éverill.

— Allons, ne fais pas ton mauvais perdant. Tu sais bien que tu n'avais aucune chance.

La colère qui empourprait le visage de Éverill lui recommanda la prudence.

— Bon, j'ai faim. Tu viens prendre un morceau? s'enquit-il pour changer de sujet.

— Volontiers! s'exclama le géant, le sourire retrouvé à l'idée de se remplir le ventre.

Le duo se dirigea vers la cafétéria.

En réalité, la cafétéria était une grotte. Elle était illuminée par quelques torches éparses qui lui fournissaient un éclairage lugubre. Trois tables longues étaient placées au centre de la salle. Des *merveilles culinaires* y étaient perpétuellement acheminées. Malgré l'aspect peu accueillant de la cave, cette pièce était l'endroit le plus apprécié du camp. Toutes les nuits, les plus insouciants s'y aventuraient pour faire la fête. Quelquefois, les superviseurs leur permettaient un tonneau de bière; cela faisait leur plus grande joie.

Le reste du temps, les soldats se livraient à leurs entraînements avec les superviseurs. Ces jeunes gens n'entretenaient aucune relation avec l'extérieur. Ils vivaient dans un monde de violence et de défense, écarté de la société réelle pourtant située sur la même île. Pour eux, Duma était tout: sa voix était loi, son toucher était bénédiction, sa colère était tonnerre. Nul ne doutait, nul ne contestait, nul ne défiait le grand et vénérable Duma. Toute leur vie, ils furent inculqués les principes d'obéissance absolue et d'abnégation totale. Ils étaient devenus un troupeau meurtrier.

Ainsi, Éverill et Ophis se régalèrent de mets à base de farine et de prises de l'océan. La nourriture aviva leur langue comme elle excita leur estomac et ils se mirent à bavarder, de tout et de rien:

— Que voudrais-tu faire lorsqu'on deviendra *Ka-davers* ? interrogea Éverill.

Veteros ne fut point hésitant.

— Je veux devenir commandant en chef des *Ka-davers*. J'ai entendu dire que ce poste était destiné à l'un des cinq meilleurs combattants. C'est ce que je convoite depuis longtemps, c'est pourquoi j'entraîne aussi fort.

Ophis était effectivement reconnu pour ses qualités de dirigeant hors pair et son avide soif de pouvoir. Il eut un court silence.

— Toi ?

— Moi, de même.

Mensonge. Éverill savait que ce qu'il désirait au fond de lui, c'était la liberté. La discipline des *Ka-davers* l'étouffait plus que jamais. Il voulait être libéré des ficelles de Duma, des chaînes d'acier ancrées jusqu'à son âme. Il voulait virevolter dans le ciel comme ces hirondelles au large et pourchasser les idéaux qui étaient les siens. Mais les chaînes le maintenaient au sol et le joug invisible de Duma clouait la bouche de la vérité.

— On sera en compétition alors ! s'exclama Ophis, ravi.

Songeur, Éverill ne répondit pas. Son regard était attiré par une jeune dame assise à l'écart, à l'autre extrémité de la table. Les femmes étaient rares dans ces lieux reclus, et encore plus les femmes *Kadavers*. Pour cette raison, elles faisaient l'objet de convoitise de tous les mâles du camp et chacune avait son propre groupe d'admirateurs. Mais celle-là, Éverill ne la connaissait pas. Elle était jeune. Elle ne devait pas avoir plus de douze printemps. Ses cheveux de jais ondulaient jusqu'à sa nuque, comme de la soie, et elle portait fièrement l'uniforme des soldats. Se sentant observée, la jeune femme se retourna. Elle était habitée de cette expression farouche propre aux animaux sauvages. Son regard rencontra celui de Éverill. *Ces yeux…* Ces cristaux de l'âme étaient des portails où se projetaient les horizons infinis de l'océan, des toiles où se dessinaient des paysages de liberté sacrée. Éverill fut aspiré par la grandeur insondable de ces globes qui englobaient le monde et il s'y plongea en s'abandonnant. Dès lors, il sut que cette femme viendrait jouer un rôle majeur dans sa vie.

Éverill fut brusquement tiré de sa rêverie par une cuisante claque sur le dos. Il fit volte-face. Ophis pointa vers l'entrée de la grotte. Un superviseur lui faisait signe. Étonné, Éverill le rejoignit promptement.

— Le grand et magnifique Duma requiert ta présence, le somma-t-il.

Éverill le suivit docilement. Avant de quitter la salle, il se retourna.

Ophis la regardait aussi. Son regard perfide l'effraya. Allait-il — non… Il l'en empêcherait à tout prix. Il irait lui parler à son retour.

Le superviseur le dirigea vers un sentier qu'il n'avait jamais auparavant remarqué. Sa perplexité ne cessait de croître. Il n'avait jamais reçu d'ordres directs de Duma. En fait, personne n'avait jamais accédé à ce privilège. En fait, personne n'avait jamais *vu* Duma. Il était cette figure mystérieuse envers laquelle chaque Aspirant *Kadavers* vouait une admiration sans bornes. La légende racontait qu'il était doté de capacités surnaturelles, comme l'accès aux pensées de tous. On lui banda les yeux. À ce moment, une pensée horrifiante le traversa. Allait-il être immolé? C'était un honneur dont tous les Aspirants *Kadavers* rêvaient, mais dont Éverill, pour une raison quelconque, ne voyait aucun attrait.

Ils marchèrent longuement. Ils traversaient la forêt. Les effluves épicés des bois lui chatouillèrent doucement les narines et il les aspira par grandes bouffées. Le chant jovial des oiseaux le remplit d'un bien-être inattendu et il se surprit à fredonner une comptine dont il n'avait aucun souvenir, mais dont la mélodie mielleuse naquit sur ses lèvres comme par enchantement. Il ne s'en préoccupa pas et s'épanouit dans le moment magique. Subitement, l'environnement changea. Ils aboutirent à un espace froid. Le sol devint dur et sec. Sa transe s'estompa brutalement. L'air était lourd de parfums floraux opaques et artificiels. Éverill était engourdi. Lourdement, il brava les marches froides qui résonnaient en échos inquiétants. Lorsqu'on lui indiqua de se prosterner, il comprit qu'il se trouvait devant l'idole. Étrangement, il ne ressentait pas de l'adoration, mais, plutôt, une sorte de malaise indéfinissable.

En grinçant, une porte se referma sur ses gonds.

— C'était il y a six cents ans… débuta une voix impériale.

C'était donc lui, Duma.

— Après avoir érigé une montagne de feu au centre de la Terre et puni les humains sévèrement, le magnifique Hyptos, profondément déçu de la nature humaine, décida d'abandonner Atlantis pour guérir Sa douleur sur la Lune. Cependant, dans Sa bonté infinie, Il laissa cette terre à Son fils unique, car Il savait que cette terre aurait besoin d'un gardien, d'un défenseur. Fils de Lauriange Blamane et de Hyptos, le Dieu créateur, ce fils, c'était moi.

Éverill connaissait cette histoire par cœur.

— Avant de partir vers le néant, Il me regarda profondément, et Il posa, dans mes paumes ouvertes, une multitude de grains de sable. Puis, sans rien me dire, Il s'évanouit dans le néant. Perplexe, je scrutai ces grains si singuliers. Quelle ne fut ma surprise de constater qu'il ne s'agissait pas de grains, mais de larves! De larves humaines! Dès lors, je compris. Je compris que le Père Hyptos ne m'avait pas laissé seul. Je compris que ces larves atteindraient un jour la maturité et me serviraient. C'était Son intention. Après six cent soixante-quinze ans, ce jour est enfin arrivé. Éverill Zergos, tu as été choisi, choisi par Hyptos, par les Étoiles, par tes efforts… Aujourd'hui, Ô Éverill Zergos, je te proclame *Kadaver*. Le premier *Kadaver*. *Tu qui tempora et aeternitatem gubernas, qui vitam et mortem in manibus tenes, funda super nos gratiam tuam infinita! Gloria tibi, Hyptos, Deus Aeternus! Ave, Domine Universi!*

Éverill fut frappé de stupeur.

—Je peux lire la fébrilité de tes pensées. Mais je te préviens, ce titre de prestige est accompagné d'embauches et de responsabilités. Le prestige est une double porte; l'une mène vers l'arrogance et l'autre, vers l'ambition. Laquelle traverseras-tu? Ce ne seront aucune des deux, mais plutôt une troisième que je t'ouvre : celle du dévouement. Acceptes-tu, ô, Éverill Zergos, d'abandonner les deux portes de ta conscience et de t'épanouir dans la porte de l'abnégation, de la fidélité et de l'héroïsme intarissable?

— Oui! affirma Éverill, débordant de joie.

— Aujourd'hui, tu es nommé le premier *Kadaver*. Je m'attends à être bien servi. Que ton titre soit prouvé par tes actions.

— Je ne saurais vous décevoir.

— Bien. Ta loyauté est à démontrer dès maintenant. Je te charge d'une mission de la plus haute importance…

***

Lorsque Éverill fut déchargé, il était en proie à une grande confusion. Sous les ordres du pontife, il devait se rendre en *ville* et y éliminer une famille. Tout comme ses frères d'armes, Éverill n'était jamais allé en ville. Ils contemplaient ses contours écarlates lorsqu'ils s'entraînaient sur la montagne et les bruits des festivités parvenaient parfois à leurs oreilles, mais jamais, personne ne s'y était aventuré, car cela aurait signifié braver l'interdiction de Duma, un sacrilège que, bien sûr, personne n'oserait. Pour les Aspirants *Kadavers*, la ville était un lieu d'hérésie où toute intrusion leur risquait le fouet mordant des superviseurs. À présent, Éverill y avait été ordonné par Duma lui-même.

Étrange.

Cependant, sa loyauté irréprochable le défendait de devenir l'hôte de ces pensées blasphématoires et il les chassa rapidement. Il ne posa pas de questions et s'acquitta de la tâche qui lui avait été confiée.

Duma l'avait sommé de ne pas relater cette mission aux autres et Éverill obéit docilement. Il inventa un mensonge vraisemblable qui inquiéta légèrement Ophis, puis, lorsque l'astre d'Hyptos apparut aux horizons, il fit semblant de se coucher, entassé parmi les corps humides de ses frères et sœurs d'armes. Les yeux rivés vers le néant, Éverill attendit le silence tandis que son subconscient se livrait à une contemplation rigoureuse du plafond de paille. Le clapotis cristallin du ruisseau remplissait délicatement ses oreilles en lui prodiguant un sentiment incomparable de sérénité. De nouveau, il s'immergea dans la nature qui l'entourait. Au-delà de la respiration sifflante au niveau de sa joue et du ronflement intermittent qui perturbait son sommeil, il y avait le chœur de la nuit auquel il n'avait jamais prêté attention. Dans le sommeil de la forêt, les cigales chantaient avec entrain, les hiboux les rejoignaient et hululaient pour briser la monotonie de la mélodie, tandis que le vent soyeux leur prêtait main-forte et sifflait entre les immenses séquoias en caressant tendrement leur plumage. Les feuilles bruissaient comme le ruissellement de grains de sable.

Lorsque le guerrier se sentit enfin seul, il se glissa furtivement en dehors de sa couche. Hyptos avait été clément cette nuit et avait décidé de leur accorder toute sa lumière. Éverill le remercia en lui adressant une prière silencieuse. À pas feutrés, il se faufila à travers les baraques endormies, au-delà des sentiers battus, entre les immenses feuillus de la forêt, jusqu'à la falaise qui surplombait la ville.

C'était le carnaval de Lauriange et Atlantis resplendissait d'une lueur céleste. Une mer de feu s'était embrasée en l'honneur des Blamanes. Comme si le soleil avait brisé sa routine et avait décidé de poursuivre son ouvrage à travers la nuit pour plaire à la défunte déesse, le jour avait été ramené en pleine nuit. Pour une raison qu'il ne put s'expliquer, Éverill se surprenait à ressentir une profonde nostalgie devant cette magnifique danse de lumières. Il dut se faire violence afin de s'arracher de cette vue éblouis-sante. Le soldat s'engagea dans la cité perdue.

Prudemment, il s'insinua dans les ruelles pai-sibles d'Atlantis. Comme tout le monde était occupé à faire la fête à la Place Publique, le reste de la ville était abandonné. Malgré son apparente concentra-tion, Éverill était émerveillé par tout ce qu'il voyait. Il nageait dans un univers de simplicité et de sérénité. Les rues dallées étaient propres et calmes. Les hauts lampadaires étaient ordonnés et flamboyants. Les maisons écarlates étaient élégantes et chaleureuses. La nuit brillait de mille feux. Les merveilles du monde urbain lui étaient totalement étrangères et ce premier contact fit fondre son cœur de glace et en extirpa l'enfant curieux aux grands yeux azur qui ad-mirait la nouveauté. Fasciné, le *Kadaver* déambula dans les rues désertées d'Atlantis en contemplant l'architecture sobre et pittoresque.

Il s'arrêta brusquement.

La maison désignée par Duma se trouvait devant lui. Il la reconnut immédiatement. Il n'avait pas eu à chercher. Sans le vouloir, il s'y était rendu directe-ment, comme s'il avait été dirigé par un sixième sens, comme s'il y avait été attiré… Attiré par quoi? Des images floues jaillissaient dans sa tête, mais elles se dissipaient dès qu'il tentait de s'en approcher, comme un mirage. Rien de particulier ne distinguait cette demeure de ses voisins, mais le soldat savait qu'elle était sa cible. Et il était terriblement affligé de le savoir… Pourquoi? C'était une maison coquette, d'une mine légèrement vieillotte, décorée d'épais bouquets de lavande devant son porche d'entrée étrangement accueillant. Le parfum enivra temporairement Éverill, qui se surprit à se sentir…

Il se ressaisit et retourna sur le droit chemin de l'homicide. Il frappa à la porte.

Ses mains étaient moites. Son cœur bondissait contre sa poitrine sans qu'il pût y assigner une cause. Il ne comprenait pas son agitation. Était-ce l'appréhension de son premier meurtre? Non, Éverill n'avait peur de rien. Rien

Déclic.

Éverill saisit le poignard caché dans sa botte de cuir. La porte s'entrebâilla. Éverill était prêt à se déchaîner. Le poignard n'attendait que le signal pour fondre sur toute figure humanoïde apparaissant au seuil de cette porte et Éverill n'hésiterait pas, non, jamais, il n'hésiterait pas, car il était prêt, il était prêt, prêt à tuer après toutes ces années d'entraînement, de souffrance, de survie, voilà sa première mission, voilà sa chance de prouver à Duma qu'il méritait sa confiance, qu'il était meilleur que Ophis, qu'il pouvait devenir le commandant des *Kadavers*, oui, il était prêt, il était prêt, il était prêt il était prêt il était prêt il était prêt il était prêt et il stoppa net.

Un enfant apparut à la porte. Paré d'un large sourire.

C'était le contraste frappant du couteau menaçant et de l'enfant radieux; c'était la matière indéfinissable qui émanait de ses yeux béants. L'esprit du soldat se brouilla. La matière indéfinissable qu'il avait retrouvée, c'était un miroir de son âme. L'enfant était habité d'une espèce de vitalité que Éverill reconnut immédiatement. Il ne sut comment réagir. Hébété, il se contenta de fixer cet être qu'il n'avait jamais rencontré, mais dont il se savait lié de quelque lien indestructible. Il sentit une autre présence. La voix précéda le corps : une voix qu'il identifia aussitôt, mais à laquelle il ne pouvait assigner ni nom ni visage.

— Hustin, je t'avais dit de ne jamais ouvrir la porte aux étrangers!

Le garçon se réfugia précipitamment dans la demeure tandis que la voix apparut au seuil de la porte. Leurs yeux se rencontrèrent. Éverill sentit des larmes inonder ses paupières sans qu'il pût le comprendre. La parole abandonna les deux êtres étrangers et familiers et ils ne purent arrêter l'échange de regards malaisant et réconfortant.

Ce fut la femme qui brisa le silence. Elle se jeta dans ses bras et partit en sanglots de larmes chaudes. Incapable de déchiffrer ses émotions tourbillonnantes, Éverill resta figé. Lorsque la femme inconnue sécha ses pleurs, elle l'amena dans la maison.

La femme inconnue, c'était sa mère.

Malgré les seize ans qui les séparaient, la mère et le fils s'étaient reconnus spontanément. Ils étaient liés par les chaînes indestructibles, intangibles, immuables de la complicité maternelle. La nuit fut pleine de retrouvailles et de larmes. Ce fut avec horreur que la famille découvrit le complot effroyable de Duma et ce fut avec incrédulité que Éverill affronta leurs explications. Il s'enfuit.

À présent, il déambulait machinalement dans les dortoirs sombres du camp des *Kadavers*. Les illusions qui avaient servi de fondement à sa vie s'étaient effondrées comme un château de sable. Un complot de Duma? Lui, offert en sacrifice pour apaiser la colère des divinités ? Non, ce ne pouvait pas être possible. Ces gens lui mentaient. Il n'avait pas de parents, il n'avait pas de famille. Lui et ses frères avaient été donnés par le ciel, par Hyptos, comme cadeau à Duma pour qu'il pût restaurer l'ordre à Atlantis et purger le mal du monde. Ils étaient des serviteurs célestes qui avaient pour mission de servir Duma jusqu'à leur mort. Mais Éverill avait beau se répéter ces mensonges, il ne parvenait plus à y croire. Le doute s'était depuis longtemps insinué dans leurs fissures. Depuis son plus jeune âge, il sentait qu'une entité en lui se révoltait contre tous ces dogmes qu'il avait déglutis à contrecœur. Sa conscience avait été capable de la réprimer jusqu'à présent, mais la révélation avait insufflé de nouvelles forces à cette petite voix qui se libéra de sa cage en rugissant son nom : elle s'appelait son Cœur. Son Cœur ne lui mentait pas. Il savait qu'il avait retrouvé sa vraie famille. Sur ce point, sa conscience riposta. D'un sourire complaisant, elle lui présenta ces images atroces qu'elle avait enregistrées soigneusement tout au long de sa vie. Elles se manifestèrent devant ses yeux comme s'il les voyait pour la première fois. Il y avait là, ligoté à ce tronc, un garçon de sept ans, fouetté à mort. Éverill voyait encore les éclaboussures de sang, le sang qui giclait à chaque fouet. Il détourna son regard. Là, au milieu du sentier, une fillette de neuf ans avait été empalée. Là… Ces exécutions publiques qui avaient violé son enfance avaient été effectuées sous prétexte de *soupçon de trahison* qui, souvent, se réduisait à des crimes mineurs, comme un vol de pain.

Ainsi déchiré dans la bataille impitoyable qui faisait rage en lui, le *Kadaver* erra longuement dans les corridors sans vie. Mais lorsque la première lueur du jour dessina un contour incandescent autour de la montagne qui dominait le paysage, il avait décidé du vainqueur. Il n'allait pas reculer devant la peur.

Il allait déserter.

Le renégat commençait déjà à échafauder des plans d'évasions. La doctrine inculquée par Duma, affaiblie par l'assaut dévastateur de la révélation, ne put résister à sa volonté nouvelle. Désormais, il n'écouterait plus que son cœur.

Pour réussir, il aurait besoin de Ophis.

XII

Une lavande

Éverill entrouvrit les yeux. Son crâne allait exploser d'un instant à l'autre. Il nageait dans un monde de confusion, vaguement verdoyant, traversé par des éclairs fulgurants. Il tenta de soulever son bras, mais en fut incapable. Une espèce de substance dure l'avait immobilisé. Il voulut crier, mais sa gorge émit uniquement un râlement étouffé. La détresse s'emparait de lui. Que s'était-il passé? Comment était-il arrivé ici? Où était-il? Oui, il s'appelle Éverill Zergos. Vingt-huit printemps. Ancien *Kadaver*. Oui, il était sain d'esprit.

Il avait sombré dans un très long sommeil, un sommeil lourd, perturbé, intermittent. Et il se réveillait, à présent, terriblement courbaturé, dans une pièce qui lui était totalement inconnue. Qu'avait-il fait le jour précédent? Où était-ce la semaine précédente? Il ne se souvenait — la lavande…

Sa mémoire déversa un flot torrentiel d'images confuses et Éverill fut submergé. L'enlèvement au milieu de la nuit… Le donjon de Duma… La fuite à travers la forêt… Les Kadavers meurtriers… La poursuite… Le piège… L'encerclement… Le poignard… La flèche… La chute ! Il avait été buté de la falaise! Était-il encore vivant? Ses sens alarmés lui indiquèrent qu'il n'avait toujours pas quitté le monde des mortels. S'il n'était pas mort, comment avait-il survécu? Si la chute n'avait pas détruit son corps, les ours l'auraient achevé et les *Kadavers* seraient descendus de la falaise en quête de son cadavre.

On dirait qu'une montagne l'avait piétiné. L'ancien soldat voulut se redresser, mais ses membres meurtris ne lui obéirent pas. Son souffle se coupa.

Était-il paralysé?

Horrifié à cette pensée, il ordonna à ses orteils de se mouvoir et fut infiniment soulagé de constater qu'il avait conservé le contrôle de son corps. Il demeura ainsi allongé sur ce qui semblait être un tapis de laine, tandis que ses sens regagnèrent progressivement leur définition. Lentement, les bruits ambiants parvinrent à ses oreilles, les effluves environnants remplirent ses narines, le brouillard opaque se dissipa de ses yeux et il conclut qu'il se situait dans la forêt. L'air était affreusement humide. Éverill voulut se tourner la tête pour observer ses alentours, mais en fut fortement dissuadé par un élancement au cou qui lui fit serrer les dents. En grommelant, il dut se contenter du plafond de paille dégarni qu'on forçait à sa vue. À ce moment, un bruissement de tissu capta son attention et un rayon de soleil oblique l'aveugla. Des pas légers lui chatouillèrent les oreilles. Une fleur s'approcha.

— Comment te sens-tu? s'enquit une voix féminine.

— E…*rhh…*

— Ne t'inquiète pas, la voix te reviendra progressivement. C'est déjà miraculeux que tu sois vivant. Je suppose que tu es tombé de la falaise?

Il ne pouvait pas voir la femme qui lui adressait la parole, mais, malgré sa nature méfiante, cette apparition lui inspirait la confiance. N'ayant évidemment pas appris de ses erreurs, Éverill tenta de hocher la tête, mais la seule tentative provoqua une douleur si poignante qu'il manqua de perdre connaissance.

La voix éclata d'un rire cristallin adorablement sadique.

— N'essaie pas de bouger. Tu es déjà assez malmené. Tes os ne sont pas encore complètement soudés; il te faut du repos.

La femme bavarda ainsi en observant les expressions du visage bandé de Éverill. Elle s'appelait Paula. Elle vivait seule dans la forêt, car elle avait quitté sa famille. Plutôt, c'était sa famille qui l'avait reniée. La pauvreté obligeait ces choix difficiles. Devant l'impossibilité de nourrir tous leurs enfants, ses parents avaient choisi de sauver leurs quatre fils et d'abandonner leur fille unique. Âgée de six printemps, Paula s'était retrouvée dans les ruelles sombres d'Atlantis. La terreur, la rage, la haine… c'était tout ce dont elle se souvenait de ces jours. Durant de longues années, elle avait erré dans la *caille* et s'était nourrie de la bonté des gens. À cette époque, la *caille* était encore hospitalière. Mais lorsque la charité ne lui avait plus suffi pour survivre, elle a décidé de s'aventurer ailleurs pour trouver sa pitance. C'était ainsi qu'elle avait abouti aux Bois interdits à douze ans. Elle y vivait depuis.

— Il n'y avait pas de monstres sanguinaires dans cette forêt finalement. C'est un pur mythe, ricana-t-elle. Pourquoi penses-tu qu'on a inventé des mythes comme ça? Une farce, quoi. Mais j'en ai ma propre idée : je suis certaine que Duma en est derrière. Il cache quelque chose dans cette forêt, j'en mettrais ma main au feu.

Comme lui, Paula était victime de la dictature de Duma. Comme lui, elle avait survécu et s'était retrouvée dans la forêt. C'était lors d'une excursion en quête de ressources qu'elle l'avait retrouvé, agonisant dans un buisson. Incapable de l'abandonner à son sort, elle l'avait ramené à son abri et avait pris soin de lui jusqu'à présent.

En lui contant sa vie, Paula s'était accroupie à proximité. Après un certain temps, Éverill parvint à identifier les bruits secs qui coupaient sa voix : elle s'affairait à allumer un feu.

— Parfois, tu délirais et tu marmonnais des mots inintelligibles. Je pensais que tu allais sortir du coma, mais tu demeurais dans un état de semi-conscience fiévreux, puis tu sombrais de nouveau dans ton monde — ouf! j'ai chaud — obscur. À ces moments, je te sifflais une berceuse que ma mère me chantait quand j'étais petite et tu te calmais. Tu veux l'entendre, n'est-ce pas? Ha! Ha! Trop tard! Tu aurais dû te réveiller plus tôt. Ce ne sont pas les paroles les plus joyeuses…

Le crépitement des flammes naissantes répandit un parfum de pin dans la hutte et chassa l'humidité.

Sa tâche terminée, Paula s'assit à son chevet. Elle caressa sa main.

— Dis-moi. Comment t'appelles-tu?

— *Év… Éfflrihl…*

— Avril?

— *Éve…Éverilh…*

— Èvelin?

Éverill tenta désespérément de réprimer un sourire. Après de nombreuses tentatives, sa langue retrouva sa confiance et il put finalement articuler :

— *Éve… rill.*

Paula comprit enfin. Elle sourit.

— C'est un beau nom.

XIII

Brûlé par le feu

Les jours défilèrent. Le matin, Paula partait à la chasse et, vers midi, elle revenait toujours avec une proie et ils se la partageaient au bord du feu, et le reste du temps, ils causaient, car Éverill guérissait rapidement et retrouvait progressivement ses mots. Les jours étaient empreints de la monotonie d'un bonheur qui ne pourrait jamais durer. Comme tous les humains, Éverill laisserait les jours défiler sans trop y tenir, le cœur renfermé et les yeux perdus au loin. Mais, quand ils prendraient brusquement fin, sa mémoire lui serait cruelle : ces temps de bonheur imparfait lui paraîtraient idéaux et viendraient le hanter dans ses jours les plus sombres.

Les âmes perdues se liaient d'amitié durant leurs longues heures de bavardages, où ils sautaient d'un sujet à l'autre sans se soucier de coq ou d'âne. Ils pouvaient autant parler matière politique que de ces eaux infinies à l'horizon, en bondissant subitement aux rêves et aux ambitions de chacun, sans oublier d'aborder ces souvenirs cocasses de leurs passés nébuleux. Ils avaient beaucoup en commun et leurs opinions se complétaient. Mais il y avait un sujet sur lequel ils ne parvenaient jamais à s'entendre : celui des femmes. Paula était une ardente défenseuse des droits des femmes. Selon Paula, elles devraient occuper une place beaucoup plus importante dans leur société. Les femmes sont parfois plus intelligentes que les hommes, déclarait-elle, et leurs perspectives différentes peuvent être moteurs de changement. C'est de cela que Atlantis a besoin pour prospérer de nouveau. Et ce n'est pas humain d'abandonner une fillette dans les rues, ajoutait-elle pour accentuer les émotions personnelles. Évidemment, Éverill ignorait la dernière remarque à laquelle il n'avait aucune défense. En partisan convaincu de la société patriarcale, il rétorquait que la place d'une femme est à la maison. Qui s'occuperait des enfants si vous vous mettiez à travailler? demandait-il. Vous jouez déjà un rôle important dans notre société, soulignait-il d'un ton présomptueux. Et là, le débat de l'humanité s'enflammait.

Pour éviter une autre dispute, le sujet était tacitement évité et ils s'entendaient à merveille ainsi.

Parallèlement à cette affinité grandissante, une certaine attirance naissait dans le cœur de Éverill. Depuis peu, il s'apercevait du charme envoûtant de sa sauveuse. Lorsqu'elle avait le dos tourné, il ne pouvait s'empêcher d'admirer ses douces formes, ses magnifiques cheveux de jais qui ondulaient jusqu'à ses épaules, sa peau immaculée qui brillait à la lueur des flammes.

Lorsque, quelques lunes plus tard, Éverill avait récupéré assez de forces pour pouvoir se déplacer au moyen de la béquille de fortune que Paula lui avait prodiguée, il s'entêta à la suivre à la chasse. Il était pratiquement guéri et il devait l'aider, répétait-il. Sa légendaire persistance de mule eut raison des réticences de Paula et elle lui permit de *l'aider*. Bien sûr, on voudrait bien accorder à Éverill le mérite d'*aider*, mais, malheureusement, on s'entendrait davantage à lui reconnaître d'*accompagner*…

— Ralentis un peu, s'il te plait.

Terriblement essoufflé, Éverill s'était accoudé sur sa béquille et, comme s'il se battait pour sa vie, cherchait désespérément à se maintenir sur les deux pieds. Exaspérée, Paula se retourna en lui adressant un regard dubitatif.

— Es-tu *sûr* de pouvoir m'aider?

— Oui, souffla Éverill.

Le trajet, qui aurait normalement duré quelques instants, s'étala sur toute la matinée. À chaque dix pas, Paula dut s'arrêter pour attendre son compagnon handicapé et, visiblement, elle commençait à perdre patience. Lorsque, pour la cinquième fois, Éverill se retrouva étendu au sol après avoir trébuché sur une pierre, Paula voulut s'énerver, mais, devant le visage déterminé de son ami, ne put que s'attendrir. En éclatant de rire, elle l'aida à se relever et se résolut à se soumettre à l'obstination du géant qui s'avérait si têtu.

— Quand arriverons-nous?

— Bientôt. C'est juste au-delà de ces arbres.

Elle pointa vers les feuillus flamboyants qui descendaient du coteau sur lequel ils s'étaient arrêtés. Ce n'était qu'à ce moment qu'elle s'aperçut de la splendeur du paysage qui s'offrait à leur vue. Leur poste surplombait une forêt qui, après une saison de chaleur estivale, s'était embrasée à l'écarlate.

Éverill, constatant que son guide avait cessé de bouger, l'interpella:

— Paula?

Comme elle ne lui répondit pas, il suivit son regard captivé. Il fut ébloui.

Du pourpre au doré, du carmin au safran, le grand peintre de la nature avait modifié sa palette et avait opté pour ses couleurs les plus chaudes. Minutieusement, il avait étalé son rouge vif et l'avait superposé d'ocre, puis, se sentant fortement inspiré, s'était lancé dans l'impressionnisme à grands coups de pinceau. Il voulait du feu. Vivement, il balaya ses couleurs ardentes sur sa toile et réussit à faire naître une étincelle, puis, en multipliant ses traits et en variant ses tons, il aviva les flammes, propageant le feu dans la forêt. Pour sa dernière touche de maître, il illumina son œuvre avec les rayons d'or du soleil, ajoutant un éclat vital à ce feu saisonnier qui consumerait la vie pour lui permettre de renaître.

Éverill s'assit pour admirer ce tableau. Paula le rejoignit et accota sa tête sur son épaule.

— As-tu faim ? murmura-t-elle.

— Non.

— Moi non plus.

— On chassera plus tard.

Un silence de confiance s'installa entre eux. Le vent se souleva et souffla entre les arbres en emportant des feuilles aux couleurs amoureuses qui tourbillonnèrent dans le ciel avant de s'envoler comme des oiseaux. Doucement, Éverill tint la main de Paula, et il était heureux.

Ils n'eurent pas à chasser longtemps. De cent enjambées, une seule flèche de Paula avait suffi à terrasser le cerf massif rêveur.

Au cours des lunes, l'homme et la femme s'unissaient. Lentement, malgré ses craintes et ses appréhensions, Paula parvint à se frayer un chemin jusqu'à son cœur rocailleux.

Il tomba amoureux de cette femme mystérieuse.

Il aimait sa voix mielleuse qui le berçait à travers ses moments de délire. Il aimait ses yeux de saphir, son rire cristallin. Il aimait son regard volontaire qui lui permettait de croire que tout était possible. Il aimait ses petites mains douces qui étaient si plaisantes à tenir. Il aimait ses fines lèvres vermeilles si délicieuses à embrasser. Il aimait son parfum de lavande qui engourdissait tous ses sens. Il aimait sa tendresse infinie quand elle pansait ses plaies. Il aimait son sens de l'humour unique au monde, son penchant dangereux au sadisme. Il aimait son accent subtil de la *caille* du sud. Il aimait sa façon si exquise de prononcer son nom. Il aimait leurs similitudes, leurs différences. Il aimait ses petites habitudes particulières, comme sa manie à toujours vouloir se réchauffer les pieds. Il aimait sa démarche de reine, l'élégance naturelle de tous ses gestes. Il aimait son sourire parfait,